चन्द्र शेखर वर्मा

चन्द्र शेखर वर्मा का जन्म 26 जून, 1967 को लखनऊ में हुआ। उन्हें साहित्य विरासत में मिला है। वह हिन्दी के मूर्धन्य साहित्यकार श्री भगवतीचरण वर्मा के पौत्र और प्रसिद्ध लेखक श्री धीरेन्द्र वर्मा के पुत्र हैं। उनकी आरम्भिक शिक्षा लखनऊ के कॉल्विन ताल्लुक़ेदार कॉलेज में हुई और तत्पश्चात उन्होंने लखनऊ विश्वविद्यालय से मनोविज्ञान में परास्नातक की डिग्री प्राप्त की। जाने-माने वक्ता और मोटिवेटर चन्द्र शेखर वर्मा हिन्दी, अंग्रेज़ी और उर्दू तीनों भाषाओं के जानकार हैं। उनकी उर्दू ग़ज़लें रेख़्ता पर प्रकाशित हो चुकी हैं। उनका अंग्रेज़ी उपन्यास 'कॉर्नर्स ऑफ़ ए स्ट्रेट लाइन' बेस्टसेलर रहा है। 'चौदह लेफ़्ट-चौदह राइट' हिन्दी में उनकी पहली कृति है।

वे फ़िलहाल एमिटी विश्वविद्यालय में कार्यरत हैं और अपने परिवार के साथ लखनऊ में रहते हैं।

सम्पर्क : chandrashekharvarma@yahoo.com

चौदह लेफ़्ट–चौदह राइट

चन्द्र शेखर वर्मा

राजकमल पेपरबैक्स

राजकमल पेपरबैक्स में
पहला संस्करण : 2022

राजकमल पेपरबैक्स : उत्कृष्ट साहित्य के जनसुलभ संस्करण

राजकमल प्रकाशन प्रा.लि.
1-बी, नेताजी सुभाष मार्ग, दरियागंज
नई दिल्ली-110 002
द्वारा प्रकाशित

शाखाएँ : अशोक राजपथ, साइंस कॉलेज के सामने, पटना-800 006
पहली मंजिल, दरबारी बिल्डिंग, महात्मा गांधी मार्ग, प्रयागराज-211 001
36-ए, शेक्सपियर सरणी, कोलकाता-700 017

वेबसाइट : www.rajkamalprakashan.com
ई-मेल : info@rajkamalprakashan.com

बी.के. ऑफसेट
नवीन शाहदरा, दिल्ली-110 032
द्वारा मुद्रित

मूल्य : ₹199

CHAUDAH LEFT-CHAUDAH RIGHT
Stories by Chandra Shekhar Varma

ISBN : 978-93-94902-02-2

*अम्मा, तुम्हारे प्यार, स्नेह और ममता
को समर्पित*

प्राक्कथन

इस संग्रह में जो इक्कीस कहानियाँ हैं इनमें से कोई भी पूर्णतः काल्पनिक यानी कि फ़िक्शन नहीं है। इन कहानियों में मैंने अपने या अपने आसपास होने वाले अनुभवों का अभिविन्यास किया है। अंग्रेज़ी में कहा जाता है truth is stranger than fiction अर्थात् सत्य कहानी या कल्पना से अधिक विस्मयकारी होता है और इसी कथन का प्रमाण हैं मेरी ये कहानियाँ।

कहानी लेखन मुझमें स्वाभाविक रूप से आया ऐसा तो नहीं कह सकते लेकिन छोटी-छोटी बातों को बढ़ा-चढ़ा कर क़िस्से बनाना मैं बचपन से जानता था। स्कूल और कॉलेज की प्रतियोगिताएँ, कहानी लेखन या वाचन में अनेक पुरस्कार भी मिले थे। मनोविज्ञान मेरा विषय रहा है इस कारण से मैं अपने पास होने वाली घटनाओं एवं उन घटनाओं के पात्रों को मैं गहराई से समझने का प्रयास करता रहा हूँ। फलस्वरूप मुझे अपने चारों तरफ़ कहानियाँ बनती दिखाई देती हैं।

मेरी कहानियों में रुचि उत्पन्न हुई अपने बाबा श्री भगवतीचरण वर्मा की कहानियों को पढ़कर। 'दो बाँके', 'वसीयत', 'प्रायश्चित्त' जैसी कहानियों से मैंने सीखा कि किस तरह से संवाद के माध्यम से चरित्र जीवन्त हो उठते हैं। अभी हाल में ही मेरे पिताजी श्री धीरेन्द्र वर्मा का एक कहानी-संग्रह *लखनऊ से लाहौर तक* प्रकाशित हुआ। इन कहानियों की विशिष्टता ये है कि इनकी भाषा शैली लेखक की न होकर कहानी में उपस्थित पात्रों की हो जाती है। ये मेरे लिए एक बहुत बड़ी सीख थी और मेरी कहानियों में आपको इस सीख का प्रभाव भी देखने को मिलेगा।

मैंने अंग्रेज़ी के कुछ लेखकों की भी कहानियाँ पढ़ी हैं जिनमें सॉमरसेट मॉम, डेफ़ने डी मोरियर, फ्रेडरिक फोरसिथ और जेफ़री आर्चर प्रमुख हैं। इन सभी लेखकों की कहानियों का अन्त बहुत चौंकाने वाला होता था, मेरा भी प्रयास यही रहा है कि कहानी अन्त में एक रोचक मोड़ ले ले।

अन्त में मैं यही कहूँगा कि मेरा ये प्रयास अब आपकी अदालत में है, मेरी जिरह पूरी हो चुकी है, निर्णय आप सुधी पाठकों को लेना है। अपनी प्रतिक्रिया मुझ तक अवश्य पहुँचाएँ जिससे कि भविष्य में मैं अपने लेखन को और बेहतर कर सकूँ।

—चन्द्र शेखर वर्मा

क्रम

लिपस्टिक

मेरे घर में मुझे मिलाकर चार लोग रहते हैं। ये चारों बहुत आम लोग हैं जो शायद किसी भी घर में मिल जाएँगे। दो ज़िद्दी बच्चे अदिति और अमोघ, एक झक्की पति वरुण भटनागर यानी मैं और एक शक्की पत्नी शेफ़ाली। मैं दिल्ली में रहता हूँ और एक प्राइवेट कम्पनी में कार्यरत हूँ। मेरी बेटी कक्षा सात में और बेटा कक्षा पाँच में है। मेरी पत्नी यानी शेफ़ाली हाउसवाइफ़ है।

शेफ़ाली को मेरा किसी भी महिला से बात करना नाग़वार गुज़रता है, चाहे वो दो मिनट के लिए ही क्यों न हो। व्हाट्सएप पर यदि कोई महिला सहकर्मी ऐसा कोई भी इमोटिकॉन भेज दे जिसमें दिल बना हो तो फिर शेफ़ाली उसको ब्लॉक कराकर ही दम लेगी। हालाँकि मैं चालीस वर्ष का हो चुका हूँ फिर भी शेफ़ाली के अनुसार दुनिया की हर लड़की उसके पति यानी मुझ पर आसक्त है और मैं भी हर महिला को अपना दिल देने के लिए हमेशा तैयार रहता हूँ। लेकिन शक्की होने के अलावा शेफ़ाली में कोई अवगुण नहीं है। वो रिश्तेदारों से लेकर पड़ोसियों तक सबकी फ़ेवरिट है और मुझे भी उससे कोई शिकायत नहीं। हाँ, मैं शेफ़ाली के सामने थोड़ा सावधान ज़रूर रहता हूँ जिससे कि उसको मेरे ऊपर शक करने का कोई कारण न मिल सके। महिलाओं के मामले में शेफ़ाली के आगे शरलॉक होम्स भी फेल हो जाएँगे। उसके मस्तिष्क में न जाने कौन सा रडार है जिससे उसे मेरी हर गतिविधि की ख़बर मिल जाती है?

अभी हाल ही की बात है करवा चौथ का दिन था। ऑफ़िस से लौटते वक़्त मैंने साउथ एक्सटेंशन के मार्केट की तरफ़ गाड़ी मोड़ ली—शेफ़ाली के गले का हार ख़रीदने के लिए। मुझे शॉपिंग में वक़्त नहीं लगता है। क्या ख़रीदना है, कितने का ख़रीदना है और कहाँ से ख़रीदना है—यदि आपको ये तीन बातें मालूम हैं तो ख़रीदारी पाँच मिनट का काम है। साउथ एक्सटेंशन के मूलचंदानी ज्वेलर्स के यहाँ

मुझे चार मिनट से ज़्यादा नहीं लगे वो हार चुनने में जो शेफ़ाली के गले में बहुत सुन्दर लगता। वो हार लेकर मैं पार्किंग की तरफ़ जा ही रहा था तभी मुझे एक महिला ने पीछे से बुलाया।

"वरुण..." वही ख़ूबसूरत-सी आवाज़, वही कशिश, वही मिठास...मैं उस आवाज़ को कभी भी भूल नहीं सकता था।

"वर्षा माथुर..." मैंने पहले बोला और बाद में पलटकर उसको देखा। हाँ, वो वर्षा ही थी। मैं उसकी आवाज़ पहचानने में ग़लती कर ही नहीं सकता था। थोड़ा-बहुत बदल गई थी वो या यूँ कहें कि पहले से कहीं अधिक सुन्दर लग रही थी। नारंगी रंग की सिल्क की साड़ी, छरहरा, गठा हुआ बदन और चेहरे पर ऐसी आभा जो शाम के समय और भी निखर रही थी। दिल्ली जैसे भागते हुए शहर के एक भीड़-भाड़ वाले बाज़ार में जहाँ हज़ारों लोग आ-जा रहे थे, वहाँ अमुक तिथि को अमुक समय में वर्षा से मुलाक़ात होगी, मैं ऐसा शायद किसी सपने में ही सोच सकता था।

लगभग बीस वर्ष हो चुके थे वर्षा से मिले हुए। हम दोनों कॉलेज में साथ पढ़ते थे लेकिन बीए करते-करते ही उसके माता-पिता ने उसका विवाह एक आईएएस अधिकारी से कर दिया था। उसकी शादी के बाद मुलाक़ात का कोई मौक़ा नहीं मिला। सच तो ये है कि शेफ़ाली के स्वभाव को देखते हुए, मैंने कोई कोशिश भी नहीं की।

जीवन में जितने भी दोस्त बन जाएँ पर कॉलेज के दोस्तों की बात अलग होती है। मैं वर्षा को याद तो अवश्य करता था लेकिन उससे मिलने की कोई भी सम्भावना नहीं थी। वर्षा के पति का कैडर पश्चिम बंगाल था और मेरा कार्यक्षेत्र दिल्ली। मेरे हृदय की पुस्तक में वर्षा का अनुच्छेद धुँधला-सा गया था।

आज अचानक इतने बरस बाद मिलकर हम दोनों में अधिक ख़ुश कौन था ये कहना मुश्किल है लेकिन मेरी धड़कनें तेज़ हो गई थीं, आँखें बाहर की ओर आ रही थीं और ज़ुबान हड़ताल पर चली गई थी। मैं अपनी जगह पर स्तब्ध-सा खड़ा था।

और तभी वर्षा आगे बढ़कर मुझसे लिपट गई। उसके आलिंगन में वासना नहीं, अपनत्व था। एक दोस्त से बीस वर्ष बाद मिलने पर उसे गले लगाना तो लाज़िमी हो जाता है और उस वक़्त उसे मेरे पुरुष या ख़ुद के महिला होने का भान नहीं रहा।

"कैसी हो वर्षा?" मेरी मुस्कान तो जैसे थमने का नाम नहीं ले रही थी।

"मैं एकदम ठीक, अब हम दिल्ली आ गए हैं," वर्षा ने कहा। वो थोड़ा मुस्कराई।

वर्षा के दिल्ली आने की ख़बर सुनकर मेरे दिल और दिमाग़ ने अलग-अलग प्रतिक्रियाएँ दीं। जहाँ दिल ने कहा, "वाह" वहीं शेफ़ाली को याद करके दिमाग़ ने कहा, "सावधान"।

तभी वर्षा बोली, "तुम्हारी शादी तो हो चुकी है ना वरुण?"

"हाँ, बारह वर्ष हो गए, दो बच्चे भी हैं पर तुमने ये प्रश्न क्यों पूछा? मुझे देखकर नहीं लगता न कि मैं शादीशुदा हूँ," मैंने थोड़ा उत्साहित स्वर में पूछा।

वर्षा खिलखिलाकर हँस पड़ी और हँसते-हँसते बोली, "फिर तो तुम गए काम से।"

"अरे, ऐसा क्या हो गया?" मेरा कौतूहल अपने चरम पर था।

वर्षा कुछ बोली नहीं बल्कि मेरे पीछे आकर खड़ी हो गई। उसने अपना फ़ोन निकाला और उसका कैमरा ऑन कर दिया। सामने कैमरा देखकर चेहरे पर अनायास ही मुस्कराहट आ जाती है। मैं उँगलियों से बाल ठीक करके सेल्फ़ी के लिए पोज़ करने लगा।

"तुम फ़ोटो खींच तो लो पर इसको फेसबुक या इंस्टा पर मत डालना प्लीज़, और मुझे व्हाट्सएप भी नहीं करना," मेरे स्वर में शेफ़ाली का डर साफ़ नज़र आ रहा था।

"सेल्फ़ी कौन ले रहा है वरुण," वर्षा बोली, "मैं तो तुम्हें इस कैमरे में कुछ दिखा रही हूँ।"

"क्या दिखा रही हो वर्षा?" मैं धीरे से बोला। वो मेरे बेहद नज़दीक थी और मैं उसे महसूस कर रहा था।

"तुम्हारी शर्ट," वर्षा ने मेरी बात का जवाब दिया।

"क्यों, क्या ख़ास बात है इस शर्ट में?"

"हा...हा...हा..." वर्षा फिर हँसी। "अपने कॉलर को देखो ज़रा। ये जो गहरे लाल रंग के निशान है ना वो मेरी लिपस्टिक के हैं।"

इतने में वर्षा का फ़ोन बजा जो सम्भवत: उसके पति का था।

"ओके...ओके। मैं आ रही हूँ।" वर्षा ने जल्दी से फ़ोन काटा और कहा, "मेरे पति मुझे लेने आ गए हैं। ट्रैफिक में गाड़ी को देर तक रोका नहीं जा सकता पर हम जल्दी ही मिलेंगे। ये मेरा नम्बर है।" वर्षा चलते-चलते अपना कार्ड दे गई।

वर्षा के जाते ही मैं अपनी गाड़ी की तरफ़ बढ़ने लगा। वर्षा से इस अप्रत्याशित भेंट में जो ख़ुशी मिली थी वो इस नामुराद लिपस्टिक की भेंट चढ़ गई। अब मेरा

पहला एजेंडा था इस दाग़ को मिटाना। एक तो हल्के शेड की क़मीज़ और उस पर गहरे शेड की लिपस्टिक...जंग काफ़ी मुश्किल थी।

मैंने अपने रूमाल को पानी में भिगोकर कॉलर पर कस के रगड़ा। मेरी पहली कोशिश नाकामयाब साबित हुई। पानी से भीगा रूमाल लिपस्टिक का 'लि' भी नहीं हटा सका। मेरी चिन्ता बढ़ती जा रही थी। इसके बाद मैं एक नेल पॉलिश रिमूवर और रुई लेकर आया। लगभग दस मिनट की इस जद्दोजहद का भी कोई परिणाम नहीं निकला। आजकल की महँगी लिपस्टिक्स के दाग़ बहुत ज़िद्दी हो गए हैं।

मेरा मस्तिष्क मुझे इस मुसीबत से निपटने के नए उपाय सुझा रहा था। तभी शर्ट को पेट्रोल से साफ करने का विचार कौंधा लेकिन पेट्रोल की बू मेरी पत्नी के मन में साज़िश की बू फैला सकती थी।

अपने आख़िरी प्रयास के तहत मैं उसी कम्पनी की दूसरी क़मीज़ ख़रीदने के लिए नज़दीकी शोरूम भी गया लेकिन वहाँ वो शेड नहीं मिला जो मैंने पहना था।

करवा चौथ के दिन सुबह से भूखी-प्यासी बैठी शेफ़ाली का मासूम चेहरा मेरी आँखों के सामने नाचने लगा। मैं उस अपराधबोध से चिन्तित था जो मैंने किया ही नहीं था।

इसी ऊहापोह में मैं कब घर पहुँच गया पता ही नहीं चला। मैंने सोचा मैं घुसते ही वॉशरूम में चला जाऊँगा और क़मीज़ को धो डालूँगा—ये कहकर कि उस पर कॉफ़ी गिर गई थी। लेकिन इस संसार में आपकी इच्छा का कब हो पाया है! "मम्मी छत पर पूजा कर रही हैं, आपको वहीं बुलाया है, फ़ौरन"—मेरे बेटे ने मुझ से गेट पर ही कहा। मेरे हाथ-पैर काँपने लगे थे। मैं जैसे-तैसे छत पर पहुँचा। शेफ़ाली उस समय चन्द्रमा को अर्घ्य दे रही थी। वो अत्यधिक सुन्दर लग रही थी। उसके चेहरे की दमक और उस पर उसका सोलह श्रृंगार! और तो और, उसने हमारे विवाह के दिन वाला ही लहँगा पहना हुआ था।

मेरी आत्मग्लानि बढ़ती जा रही थी। मैंने मन में सोचा कि इसको सब कुछ सच बता देता हूँ। "ख़बरदार वरुण," मेरे अन्दर से एक आवाज़ आई, "ऐसी ग़लती कभी मत करना, आज करवा चौथ के दिन तो शायद बच जाओ पर ज़िन्दगी भर शक़ के दायरे में रहोगे।" मैं बिना कोई आवाज़ किए ठीक शेफ़ाली के पीछे खड़ा हो गया। फिर उसका ध्यान भटकाने के लिए मैंने वो हार निकाला जो मैं उसके लिए उपहारस्वरूप लाया था।

"देखो शेफ़ाली, मैं तुम्हारे लिए क्या लाया हूँ।" मैंने अपने आप को नियति के हाथ में सौंप दिया था।

"तुम क्या लाए हो, ये बाद में देखूँगी। मुझे आसमान के चाँद के बाद जो सबसे पहले देखना है वो है मेरा चाँद, यानी तुम वरुण।" और ये कहकर शेफ़ाली पलटी। मेरी आँखों के आगे अँधेरा-सा छा गया पर वो अँधेरा सिर्फ़ मेरा नहीं था। दिल्ली के जी.के. 2 में आज वो हुआ था जो बीस साल से नहीं हुआ था। हमारे पूरे मोहल्ले की बिजली एक भयंकर धमाके के साथ उड़ गई थी। शेफ़ाली सहमकर मुझसे लिपट गई और उसके होंठ मेरी क़मीज़ के ठीक उसी हिस्से में जा लगे जहाँ पर वर्षा की लिपस्टिक के निशान थे और तभी बिजली आ गई।

"ओह! मेरी लिपस्टिक से तुम्हारी क़मीज़ गन्दी हो गई," शेफ़ाली मासूमियत के साथ बोली। "छोड़ो ना, ऐसी सौ क़मीज़ें तुम्हारी लिपस्टिक के निशान पर क़ुर्बान हैं," मेरे जवाब में एक निश्चिंतता थी।

गंगा

बनारस एक नगर नहीं है अपितु एक संस्थान है। कई वर्षों से यहाँ आ रहा हूँ और कमाल ये कि हर बार कोई-न-कोई सीख, कोई-न-कोई पाठ पढ़कर ही लौटा हूँ यहाँ से।

पिछले दिनों बनारस जाना हुआ। सरकारी दौरा था तो गाड़ी और ड्राइवर साथ में था। शाम को अपना काम पूरा कर के गंगा आरती देखने का मन था सो चला आया दशाश्वमेघ घाट पर। यहाँ पर गंगा मैया की आरती का अलौकिक दृश्य देखकर मन भर-सा जाता है या यूँ कहें कि रिक्त हो जाता है। यूँ तो मैं ये दृश्य कई बार देख चुका हूँ लेकिन हर बार गंगा आरती एक नया अनुभव कराती है।

नवम्बर का महीना था। हल्की-हल्की ठंड पड़नी शुरू हो गई थी। मैंने गाड़ी घाट से दूर पार्किंग पर छोड़ दी थी। हालाँकि अगर मैं चाहता तो मेरी नीली बत्ती वाली गाड़ी मुझे घाट के मुहाने तक ले जाती लेकिन मैं गंगा मैया के सामने अपने क़द और पद का बोझ लेकर नहीं जाना चाहता था।

मेरे पहुँचने के कुछ क्षणों बाद ही आरती प्रारम्भ हो गई। लगभग पैंतालीस मिनट तक मानव और प्रकृति की अद्भुत जुगलबन्दी देखने के बाद मैं कुछ देर के लिए चेतनाविहीन हो गया था। 'चिनिया बादाम लेहो भैया, दस रुपए का पचास ग्राम', एक मूँगफलीवाले की आबाज़ से मेरा ध्यान वापस वातावरण की तरफ़ आया। मौसम की पहली मूँगफली की सौंधी ख़ुशबू दिल से निकलकर सीधे ज़ुबान पर पहुँच गई और वो अनायास ही बोल उठी, "पचास ग्राम देना, धनिया के नमक के साथ।" प्रशासनिक सेवा में अधिकारी बनने के बाद आपसे आम नागरिकों के कई अधिकार स्वतः छिन जाते हैं। मसलन, आपको यदि खोमचेवाले से कुछ ख़रीदना होता है तो आप अपने किसी मातहत को इशारा भर कर देते हैं और सामान आपके हाथों में होता है लेकिन उस दिन मैं अपनी अफ़सरी गाड़ी में ही छोड़कर आ गया था।

मूँगफली तौलनेवालों का हाथ बहुत तेज़ी से चलता है क्योंकि उन्हें जितनी देर मूँगफली तौलकर देने में लगती है उतनी देर तक ग्राहक उसके ठेले से मूँगफली उठाकर खाना अपना हक़ समझते हैं। मैंने भी अपने हिस्से की दो मूँगफली इस बीच में चख ली थीं। "इक रुपया का चिनिया बादाम दे दा," मुझे एक महीन-सी आवाज़ सुनाई पड़ी। जिस बच्ची के मुँह से ये आवाज़ निकली थी वह और भी महीन थी। उसकी आयु लगभग चार-पाँच वर्ष की रही होगी, बदन पर एक पुरानी-सी फ्रॉक, पैरों में टूटी हवाई चप्पल। उसके हाथ में एक रुपए का सिक्का था जिसे उसने बड़ी शान से पकड़ा हुआ था।

मैंने अपनी मूँगफली की क़ीमत चुकाई और वहाँ से चलने को हुआ तभी मुझे मूँगफलीवाले की घुड़की सुनाई दी।

"इक रुपया का चिनिया बादाम नहीं मिलत है।"

ये सुनकर वह बच्ची कुछ सहमी, उसको शायद अपने रुपए की क़ीमत समझ आ गई थी, फिर भी वह पूरे आत्मविश्वास से बोली, "एक ही रुपया है, थोड़ा-सा बादाम देय दो ना।"

"कित्ती बार बोलें एक रुपया का बादाम न मिलिहे, चल भाग यहाँ से।"

मुझे मूँगफलीवाले पर बहुत ग़ुस्सा आया। मैंने तुरन्त अपनी जेब से दस रुपए का नोट निकाला और मूँगफलीवाले से कहा, "बच्ची को दस रुपए की मूँगफली दे दो।"

मेरी अपेक्षा के विपरीत, मेरे पैसे देने की बात सुनकर बच्ची को कुछ अच्छा नहीं लगा और वो बिना मूँगफली लिए ही वहाँ से जाने लगी।

"सुनो बिटिया, मूँगफली ले लो," मैंने उसकी तरफ़ मुस्कराकर देखा और उसके सर पर प्यार से हाथ फेरा। उसने या तो मेरे स्पर्श में अपनत्व देखा या मेरी आवाज़ में विश्वसनीयता, जो भी हो उसने मूँगफली का पैकेट पकड़ा और एक ही क्षण में वो उड़न-छू हो गई।

हमें अपनी ज़िन्दगी में माँगने और छीनने की इतनी अधिक आदत पड़ चुकी है कि हममें एक छोटा-सा पुण्य करने पर भी अभिमान होने लगता है।

उस बच्ची पर मात्र दस रुपए का ख़र्च भी मेरे अन्दर एक महानता का भाव ले आया था।

मैं उसी भाव को लिये गंगा जी के सामने एक बेंच पर बैठ गया। कहाँ अपना सर्वस्व निछावर कर करोड़ों लोगों को जीवन दान देती हुई गंगा मैया और कहाँ दस

रुपए के दान से प्रफुल्लित होनेवाला मैं...और उस पर भी मेरी हिम्मत देखिए कि मैं गंगा जी के सामने आकर बैठ गया था।

"जूता साफ़ कर दूँ साहब..." सात-आठ वर्ष का एक बालक एक कपड़ा लेकर मेरे सामने खड़ा था। दशाश्वमेघ घाट पर जहाँ एक तरफ़ मन्दिरों की भव्यता, संगीत और चारों तरफ़ फैली रौशनी विलासिता का परिचय दे रही थी वहीं दूसरी तरफ़ ग़रीबी भी बार-बार मुझसे रूबरू हो रही थी। मेरे जूतों को पॉलिश की ख़ास आवश्यकता नहीं थी। "नहीं रहने दो," मैंने उस लड़के से कहा। "करा लो ना साहब अच्छे से चमका देंगे," वो लड़का गिड़गिड़ाकर बोला।

अब मेरी जेब में पड़ा हुआ एक बीस का नोट कुलबुलाने लगा, मेरे सामने पुण्य कमाने का एक और अवसर आ गया था। "चलो कर दो," मैंने जूते उतारकर उसकी तरफ़ कर दिए। लड़के ने अपने कन्धे पर पड़े हुए कपड़े से मेरे जूते साफ़ करने शुरू किए। उसके पास कोई पॉलिश या ब्रश नहीं था लेकिन तब भी जितना एक कपड़े से सम्भव था उससे अधिक चमक मेरे जूतों में आ गई थी।

"कितना पैसा हुआ?" मैंने पूछा, हालाँकि मैं उसको कम-से-कम बीस रुपए देने का मन बना चुका था।

"होते तो दस रुपए हैं लेकिन..." उसने अपना वाक्य पूरा नहीं किया।

"होते तो दस रुपए हैं लेकिन तुम्हारा काम अच्छा था तो मैं तुम्हें बीस रुपए देता हूँ," यह कहकर मैंने एक बीस का एक नोट लड़के की तरफ़ बढ़ाया। उस समय मुझे कोई और नहीं देख रहा था सो मैं अपनी ही नज़रों में स्वयं को ऊँचा उठा रहा था।

"नहीं साहब," वह लड़का बोला "हम को एक्को रुपया न चाही, आप अपना रुपया रख लो।' लड़के की बात मेरी समझ में नहीं आई।

"क्या मतलब?" मैंने पूछा।

"मतलब ये कि मेरी छोटी बहन के लिए आप चिनिया बादाम ख़रीदे थे ना, सो हमने आपका जूता पॉलिश करके वो रुपया चुका दिया।"

तभी उसकी बहन आई और अपने भाई का हाथ पकड़कर उसको ले गई। उस छोटी बच्ची के हाथ में मेरे द्वारा ख़रीदा मूँगफली का पैकेट था जो अभी तक खोला नहीं गया था। शायद वो इस इन्तज़ार में थी कि पहले मूँगफली की क़ीमत चुक जाए।

गंगा मैया ने मुझे आज भी निराश नहीं किया था। ज़िन्दगी का एक बड़ा सबक लेकर मैं अपनी गाड़ी की ओर चल दिया!

मंसूर साहब

मंसूर साहब कोई ख़ानदानी या पेशेवर शायर नहीं थे। वो तो शौकिया अपनी क़लम की नोक से काग़ज़ के सीने पर कुछ नक़्क़ाशी कर लेते थे। चूँकि उन्हें बचपन से ही शायरी पढ़ने और सुनने का शौक था तो उनके अलफ़ाज़ और बहर सही बैठती थी।

मंसूर साहब की लखनऊ के नज़ीराबाद में चिकन के कपड़ों की दुकान थी। चिकन की ख़रीदारी पुराने लखनऊ के मोहल्ले जैसे चौक और नज़ीराबाद से निकलकर कब आधुनिक बाज़ारों और मॉल में पहुँच गई, ये मंसूर साहब को पता ही न चला। उनकी दुकान पर ग्राहकों की आमद और पैसों की आमदनी धीरे-धीरे घटती गई।

मंसूर साहब के पुरखों ने जो कुछ रक़म उनके लिए छोड़ी थी उसी से उनके घर का ख़र्च चलता रहा लेकिन धीरे-धीरे वो जमा पूँजी ख़त्म हो गई थी। अब वो कभी दोस्तों से उधार लेकर तो कभी बीवी के ज़ेवर बेचकर किसी तरह से जीवन-यापन कर रहे थे।

उनकी पत्नी ने एक-दो बार उनको सलाह दी, "अपनी साइकिल पर सामान रखकर अच्छे और महँगे रिहायशी इलाक़ों में फेरी लगाकर देखिए, शायद माल बिकने लगे।"

अब मंसूर साहब ठहरे शायर, "भूखे मर जाएँगे बेगम लेकिन ये हमसे न हो पाएगा।" मंसूर साहब की फ़ितरत में मेहनत थी ही नहीं।

दुकान पर बैठना मंसूर साहब के लिए सिर्फ़ टाइमपास था, कभी-कभी पूरा दिन निकल जाता था और एक भी कुर्ता नहीं बिकता। मंसूर साहब जब दुकान पर जाते थे अपनी डायरी अपने साथ ले जाते थे। वो जो भी ग़ज़ल या नज़्म कहते, अपने शौक़ीन दोस्तों और अड़ोस-पड़ोस के दुकानदारों को सुना देते। मंसूर साहब की ग़ज़लों में ज़िन्दगी का फ़लसफ़ा था, गुरबतों की दुश्वारियाँ थीं, नाकाम मोहब्बत का दर्द था और इन सबके ऊपर फ़क़ीरों की शहंशाही थी। जो भी उनकी ग़ज़लें सुनता, उनका दीवाना हो जाता। अकसर मंसूर साहब की दुकान पर छोटी-मोटी महफ़िल सज जाती।

मंसूर साहब के पड़ोसी दुकानदार अकरम मियाँ उनके विशेष रूप से क़ायल थे। अकरम मियाँ से मंसूर साहब की गहरी दोस्ती थी और उन्हें मंसूर साहब की खस्ता माली हालत के बारे में सब पता था।

एक दिन अकरम मियाँ अपने जीजा दिलशाद अली 'दिल' को लेकर मंसूर साहब की दुकान पर तशरीफ़ लाए। दिलशाद एक नामचीन शायर थे और दुनिया भर के मुशायरों में उनकी ग़ज़लें बहुत सराही जाती थीं। दिलशाद अली का फ़िल्मों में भी दख़ल था और वहाँ भी वे बड़े गीतकार के रूप में जाने जाते थे। मंसूर साहब, दिलशाद अली के बहुत बड़े प्रशंसक थे। अपने महबूब शायर को अपनी दुकान पे देखकर मंसूर साहब गद्गद हो गए।

"दिलशाद साहब, आपके क़दमों ने इस नाचीज़ की दुकान को नवाज़ दिया। मैं आपकी सभी किताबें पढ़ चुका हूँ और अकसर आपकी शायरी अपने दोस्तों को सुनाता रहता हूँ।"

ये कहते हुए उन्होंने तुरन्त ही एक कीमती चिकन का कुर्ता 'दिलशाद' साहब को भेंट कर डाला।

"अरे, इसकी क्या ज़रूरत थी?"

दिलशाद की ज़ुबान से ये अलफ़ाज़ तो बड़ा संकोच करते हुए निकले पर उनकी आँखें लगातार उस कुर्ते की कढ़ाई और क़शीदाकारी को पैमाना बनाकर उसकी क़ीमत टटोल रही थीं।

'ढाई हज़ार से तीन हज़ार का तो होगा' दिलशाद के दिमाग़ ने उनकी आँखों से मिली जानकारी को रक़म में तब्दील कर दिया।

"बहुत-बहुत शुक्रिया" दिलशाद अली मुस्कराते हुए बोले, "आपने तो मुझ पर ये अहसान लाद दिया!"

"तो अहसान उतार दीजिए ना, अपनी ताज़ा ग़ज़लें सुनाकर।" मंसूर साहब की ख़ुशी अब तकल्लुफ़ की दीवार फाँद चुकी थी। दिलशाद अली के बारे में आम धारणा ये थी कि वो बिना लिफ़ाफ़ा लिये ग़ज़ल तो क्या 'अलिफ़ बे ते' भी नहीं सुनाते हैं।

"अरे नहीं, आज तो हम आपकी ग़ज़लें सुनने के लिए आए हैं, अकरम बता रहे थे कि आप बेहतरीन ग़ज़लें कहते हैं।"

मंसूर साहब को तो मानो जन्नत मिल गई। इतना कद्दावर शायर उनकी चौखट पर आया है उनकी ग़ज़ल सुनने!

फिर क्या था मंसूर साहब ने अपनी ताज़ा ग़ज़लें पढ़नी शुरू कीं और उनकी ख़ुशी सातवें आसमान पर पहुँच गई जब दिलशाद ने उनके हाथों को चूम लिया और कहा, "मंसूर भाई आप क्या कमाल की ग़ज़ल कहते हैं। आपकी ये ग़ज़लें कहीं छपी हैं क्या?"

"अरे नहीं दिलशाद साहब...मैं और मेरी शायरी इस लायक़ कहाँ। पहले तो कौन सा प्रकाशक एक नए शायर की ग़ज़लें छापेगा और छप भी गईं तो यार-दोस्तों के अलावा कौन पढ़ेगा इन्हें?" मंसूर साहब की बातों में छिपे दर्द को दिलशाद अली ने या तो सुना नहीं या फिर सुनकर अनसुना कर दिया।

"वो तो है लेकिन भाई ज़िन्दाबाद हैं आपकी ग़ज़लें और आप। अब चूँकि आपकी कोई किताब उपलब्ध नहीं है कभी तनहाई में इन्हें फिर से सुनने का दिल चाहेगा तो क्या करूँगा?"

मंसूर साहब को यक़ीन ही नहीं हो रहा था कि वो हक़ीक़त में हैं या ख़्वाब में।

"क्या आप सच कह रहे हैं?"

"अरे भाई, मैं झूठ क्यों बोलूँगा?" दिलशाद तसदीक़ करते हुए बोले।

"आप मुझे बस पाँच मिनट दीजिए, मैं अभी इन ग़ज़लों की नकल बनाकर आपको देता हूँ।" यह कहकर मंसूर साहब ने अपनी कुछ चुनिंदा ग़ज़लें लिखकर दिलशाद को दे दीं।

"आपकी शायरी के आगे सारे बड़े शायर फीके पड़ जाएँगे। अब देखिए मैं कैसे आपका नाम देश-विदेश तक ले जाता हूँ।" दिलशाद अली ने मंसूर साहब का पता नोट किया और उनसे रुख़सती ली।

इस घटना के लगभग छह महीने बाद मंसूर साहब को लखनऊ में आयोजित होने वाले एक अन्तर्राष्ट्रीय मुशायरे का आमंत्रण मिला। आमंत्रण भेजा था दिलशाद अली ने अपने व्यक्तिगत इसरार वाले नोट के साथ—'आपका आना बहुत ज़रूरी है मंसूर साहब।'

मुशायरे का व्यक्तिगत आमंत्रण पाकर मंसूर साहब को बेहद ख़ुशी हुई। हालाँकि उन्हें थोड़ा मलाल इस बात का ज़रूर हुआ कि दिलशाद साहब ने उन्हें मुशायरे में बतौर शायर शामिल होने का न्योता नहीं भेजा था।

"यार अकरम, दिलशाद अली जैसी शख़्सियत के लिए एक-आध सिफ़ारिशी शायर को शामिल करवा लेना बाएँ हाथ का खेल था।" मंसूर साहब ने अपने मन की बात अकरम से कह दी।

"अब यार, जीजा हैं हमारे तो हम उनसे कुछ कह नहीं सकते, एक-दो बार और मिल लो हो सकता है, आगे कुछ काम बन जाए।" अकरम ने उनको सब्र रखने को कहा। मंसूर साहब सब्र रखने के सिवा कर भी क्या सकते थे। लखनऊ में हज़ारों शायर हैं लेकिन ज़ाती तौर पर उन्होंने सबको थोड़ी ही बुलाया होगा। ये क्या कम है कि दिलशाद अली जैसे शायर को इतनी अदनी-सी शख़्सियत याद रह जाए? मंसूर साहब की मुशायरे में दर्शक की हैसियत से जाने की तीव्र इच्छा ने जल्द ही उनको समझा लिया और एक छोटे मजबूर शायर ने एक बड़े मशहूर शायर को माफ़ कर दिया।

मंसूर साहब ने अपनी एक पुरानी शेरवानी निकाली और वे सज-धज कर अकरम मियाँ के साथ मुशायरे में पहुँच गए। यूँ तो मुशायरे में प्रवेश का टिकट काफ़ी महँगा था लेकिन मंसूर साहब के पास दिलशाद अली का भेजा हुआ व्यक्तिगत न्योता था जिसको देखते ही गेट पर खड़े हुए व्यक्ति ने उनसे कहा, "सर, आप आगे चलकर बैठिए।" उसने मंसूर साहब को बड़ी इज़्ज़त के साथ आगे की पंक्ति में बिठा दिया। उन्हें याद भी नहीं आ रहा था कि इससे पहले उन्हें इतनी इज़्ज़त कब मिली थी।

मुशायरा शुरू हुआ और मंसूर साहब की नज़र जा पहुँची दिलशाद अली पर जिनको अपने ही द्वारा भेंट किए हुए कुर्ते में देखकर उन्हें गर्व की अनुभूति हुई। और जब दिलशाद अली ने उन्हें मंच से सलाम किया तब तो मंसूर साहब की ख़ुशी से आँख ही भर आई। चूँकि दिलशाद उस मुशायरे के सबसे अज़ीम शायर थे इसीलिए उनकी ग़ज़ल पढ़ने की बारी भी आख़िरी में आई। हॉल खचाखच भरा हुआ था और दर्शक दिलशाद अली को सुनने के लिए बेताब हो रहे थे।

दिलशाद अली ने माइक सँभाला और दर्शकों को सम्बोधित किया—

"ख़वातीन और हज़रात। वैसे तो मैं मुम्बई में रहता हूँ पर लखनऊ शहर से मेरे ख़ास तअल्लुक़ात हैं। एक तो मैं यहाँ की तहज़ीब का क़ायल हूँ और दूसरा मेरी ससुराल यहीं है। कहने का मतलब ये कि यहाँ के सारे जवान मेरे साले और सारे बुज़ुर्ग मेरे ससुर हुए।" दिलशाद अली ने जैसे ही लखनऊ की जनता से अपना नाता जोड़ा तो लोगों ने तालियों और ठहाकों से उनका स्वागत किया। शायरी का समाँ बँध गया था।

"मैं आज जो ग़ज़ल आपको सुना रहा हूँ, उनमें आपको लखनऊ की मिट्टी की ख़ुशबू मिलेगी, यहाँ का अन्दाज़, यहाँ की ज़बान मिलेगी।"

और यह कहकर दिलशाद ने तरन्नुम में ग़ज़ल पढ़नी शुरू की। पर ये क्या? दिलशाद तो मंसूर साहब की ही एक ग़ज़ल को हूबहू पढ़ रहे थे। वही लफ़्ज़ और

वही धुन। दर्शक हर शेर पर बढ़-चढ़कर दाद दे रहे थे और दिलशाद अली सर को झुकाकर उसे क़ुबूल कर रहे थे।

मंसूर साहब पर तो कुठाराघात-सा हो गया था, "ये तो मेरी ग़ज़ल है यार, तुम्हारे सामने ही तो मैंने ये दिलशाद को सुनाई थी," मंसूर साहब ने अकरम से कहा। पर उनकी दबी हुई आवाज़ शोरगुल में डूब गई। मंसूर साहब के ज़ेहन में दिलशाद का वही सवाल गूँजने लगा—"आपकी यह ग़ज़लें कहीं छपी हैं क्या?" मंसूर साहब ने अशआर की चोरी के बारे में सुना तो था लेकिन ये हादसा उनके साथ हो जाएगा ये तो उन्होंने ख़्वाब में भी नहीं सोचा था।

"ये जो ग़ज़ल के चन्द अशआर मैंने आपको सुनाए वे कैसे लगे?" दिलशाद ने दर्शकों से पूछा। मंसूर साहब का दिल आया कि वह खड़े होकर कह दें, 'एकदम वाहियात' और कोई कुछ बोले तो उससे अकड़कर कहें, 'मेरी ग़ज़ल है। मैं इसको जो चाहे कहूँ' लेकिन अगले ही पल उनको लग गया कि वो इस बात को साबित कैसे करेंगे कि ये उनकी ग़ज़ल है।

हॉल में दर्शकों की तालियों की आवाज़ मंसूर साहब को चिढ़ा रही थी। उनका दम घुटने लगा था। "मुझसे यहाँ बैठा नहीं जाएगा अकरम, मैं निकलता हूँ," कहकर मंसूर साहब उठने ही वाले थे कि उनके कान में दिलशाद अली की आवाज़ आई—

"ये शेर मेरे नहीं थे।" दिलशाद अली ने सबको हैरत में डाल दिया था। "आपको जानकर ताज्जुब होगा कि ये शानदार शायरी आप ही के शहर के एक गुमनाम लेकिन बहुत बेहतरीन शायर मंसूर साहब की है। ये शायरी की दुनिया की बदक़िस्मती है कि हम जैसे लफ़्फ़ाज़ शायरों को सुनने के लिए आप लोग हज़ारों रुपए के टिकट ख़रीदते हैं लेकिन मंसूर साहब की मैयारवाली शायरी आप मुफ़्त में भी नहीं सुनना चाहते। ये तक़दीर का ही खेल है कि हम जैसे लोग लाखों कमा रहे हैं और मंसूर साहब जैसे आला दर्जे के शायर दर-दर की ठोकरें खा रहे हैं।" दिलशाद अली बोले, "सच तो यह है के आपने मंसूर साहब की शायरी को ध्यान से इसीलिए सुना क्योंकि उसे मैं पढ़ रहा था इसलिए मैंने फ़ैसला किया था कि आज के आयोजन में मैं भीड़ तो अपने नाम से जुटाऊँगा लेकिन आपको सुनवाऊँगा मंसूर साहब की शायरी। और इससे होने वाली सारी कमाई मंसूर साहब को दी जाएगी।" दिलशाद की ये बात सुनकर मंसूर साहब सन्न रह गए।

"आज ये मंच और माइक आपके इन्तज़ार में है मंसूर साहब," ये कहकर दिलशाद अली, मंसूर साहब को स्टेज पर बुलाने के लिए नीचे उतर आए।

वॉशिंग मशीन

जितना मैं अनुग्रह प्रताप सिंह को जानता हूँ उसके हिसाब से मुझे नहीं लगता कि मैंने उनसे अधिक संवेदनशील, सच्चा और कर्मठ समाजवादी नेता देखा है। शायद ऊपरवाले ने वो साँचा ही तोड़ दिया है जिसमें अनुग्रह प्रताप सिंह जैसे लोग ढाले जाते थे।

बिहार के सबसे छोटे और पिछड़े ज़िलों में एक शेख़पुरा में पले-बढ़े अनुग्रह प्रताप एक किसान के बेटे थे। उन्होंने ग़रीब और ग़रीबी दोनों को बेहद क़रीब से देखा था और इसी कारण उनकी सोच में समाजवाद स्वाभाविक रूप से रच-बस गया था। समाजवाद से बेहद लगाव के अलावा उनकी अध्ययन में भी गहरी रुचि थी। इंटर की परीक्षा में पूरे बिहार प्रदेश में टॉप किया था अनुग्रह प्रताप ने। उनके स्कूल ने मेधावी छात्रों का सम्मान करने के लिए ज़िला मजिस्ट्रेट को बुलाया था—"क्या बनना चाहते हो बेटा?" शेख़पुरा के ज़िला मजिस्ट्रेट किशोरीलाल सिन्हा ने पूछा था।

"आप वाली नौकरी करनी है," अनुग्रह प्रताप अनायास ही बोल पड़े। वो ज़िला मजिस्ट्रेट के रसूख़ से ख़ासे प्रभावित हो गए थे।

"हम्म, तुम्हारे अन्दर क़ाबिलियत तो है आई.ए.एस. बनने की। मैं सरकार से तुम्हारे वज़ीफ़े की सिफ़ारिश कर देता हूँ," किशोरीलाल अनुग्रह प्रताप के सर पर हाथ रखकर बोले।

सरकारी मदद मिलने के बाद अनुग्रह प्रताप अपनी उच्च शिक्षा के लिए पटना विश्वविद्यालय चले गए। वो शायद अपने ज़िले के पहले व्यक्ति थे जो पढ़ाई के लिए कॉलेज गए थे। विश्वविद्यालय की पढ़ाई के दौरान अनुग्रह प्रताप की आँखों से भारतीय प्रशासनिक सेवा का अधिकारी बनने के सपने का तबादला हो गया और उसके स्थान पर आ गई राजनीति। देश भर में जयप्रकाश नारायण के आन्दोलन ने क्रान्ति ला दी थी और अर्थशास्त्र में एम.ए. की पढ़ाई करते वक़्त ही जयप्रकाश

नारायण के आन्दोलन से प्रभावित होकर अनुग्रह प्रताप ने राजनीति अपना ली। छात्र नेता से सांसद बनने के दौरान अनुग्रह प्रताप ने देश की राजनीतिक, सामाजिक और आर्थिक परिस्थितियों का गहन अध्ययन किया। इस बीच उन्होंने अर्थशास्त्र में डॉक्टरेट भी हासिल कर ली। पहली बार सांसद बने अनुग्रह प्रताप सिंह देश के वित्त मंत्री बन जाएँगे ऐसा कोई सोच भी नहीं सकता था।

वित्त मंत्री बनने के बाद भी घर से मंत्रालय तक जाने के लिए अनुग्रह प्रताप सिंह अपनी वेस्पा के पुराने स्कूटर का प्रयोग करते थे। अनुग्रह प्रताप सिंह के दफ़्तर के लोग आपस में चर्चा करते थे कि उनकी प्राथमिकताएँ स्पष्ट हैं। पहली—देश, दूसरी—उनका कार्यक्षेत्र और तीसरी—व्यक्तिगत रिश्ते। यूँ तो अनुग्रह प्रताप सिंह बेहद सरल स्वभाव के थे लेकिन प्रश्न अगर ईमानदारी का हो तो उनसे सख़्त कोई भी नहीं था। उनकी ईमानदारी की परिभाषा एकदम अलग थी। रिश्वत तो बहुत दूर की बात, पद की वजह से यदि कोई व्यक्तिगत लाभ मिलता हो तो वो पद को ही छोड़ दें। अनुग्रह प्रताप सिंह के मूड स्विंग्स का भी कुछ भरोसा नहीं था। वो कब अचानक ही बिगड़ जाएँ ये कोई नहीं जानता था। अनुग्रह प्रताप के मित्र, सहकर्मी और राजनीतिक साथियों के बीच यदि कोई उनको समझने का दावा कर सकता था तो वो थीं उनकी पत्नी उमा देवी।

अनुग्रह प्रताप की पत्नी उमा देवी बहुत दिनों से वॉशिंग मशीन के लिए कह रही थीं, और हर दूसरे-तीसरे दिन अपने पति को उलाहना देकर कहती थीं, "मैं भी इस देश की नागरिक हूँ। सारे देश की फ़िक्र करते हैं पर मेरी तरफ़ ध्यान ही नहीं जाता आपका। वित्त मंत्री की पत्नी को अपने हाथ से कपड़े धोने पड़ते हैं पर आपको अपने काम के आगे कुछ सूझे तब ना।"

एक दिन अनुग्रह प्रताप सिंह की पत्नी थोड़ा ऊँचे स्वर में बोलीं, "सुनिए अब मुझसे कपड़े नहीं धोए जाते। यदि आपके पास पैसे और समय हो तो ठीक है, नहीं तो मैं अपने गहने बेचकर वॉशिंग मशीन लेने जा रही हूँ।" अनुग्रह प्रताप सिंह उस वक़्त वित्तीय वर्ष के बजट को अन्तिम रूप दे रहे थे। "हाँ उमा, दस मिनट में चलते हैं, तुम इस बीच तैयार हो जाओ।" दोनों लोग स्कूटर से बाज़ार की तरफ़ निकल गए। दिल्ली के फ़िरोज़शाह रोड स्थित मंत्री निवास के बाहर अनुग्रह प्रताप को देखकर कोई ये नहीं कह सकता था कि वो देश के वित्त मंत्री हैं। वो युग इलेक्ट्रॉनिक मीडिया या सोशल मीडिया का नहीं था जो चौबीसों घंटे मंत्रियों की तस्वीरें और वीडियो दिखाते रहें। साधारण कपड़ों में स्कूटर चलाने

वाला व्यक्ति देश का कैबिनेट मंत्री हो सकता है, ये बात किसी की भी कल्पना से परे थी।

दुकान पर आते ही अनुग्रह प्रताप सिंह की पत्नी उमा देवी की नज़र पूर्णत: ऑटोमेटिक मशीन पर पड़ी। उनकी मंशा भाँपते हुए अनुग्रह प्रताप सेल्समैन से बोले, "हमारे बजट में फुल ऑटोमेटिक वॉशिंग मशीन तो नहीं आ पाएगी तो कोई सेमी-ऑटोमेटिक मशीन ही दिखा दीजिए।" तभी उनकी पत्नी बोलीं, "दोनों मशीनों में मात्र दो हज़ार रुपए का अन्तर है।"

"दो हज़ार मात्र दो हज़ार नहीं होते उमा, करोड़ों व्यक्तियों के लिए ये दो हज़ार उनकी मासिक आय से भी अधिक हैं," अनुग्रह प्रताप के अन्दर का समाजवादी अकसर जाग जाया करता था। "फ़िलहाल हम सेमी-ऑटोमेटिक ही ले पाएँगे।" अनुग्रह प्रताप सिंह ने जिस स्वर में बोला उस स्वर से उमा देवी भलीभाँति परिचित थीं। उस स्वर का निहित संदेश ये था कि 'ये मेरा अन्तिम निर्णय है और मुझे इस मामले में कोई बहस नहीं करनी।' उमा देवी आगे एक शब्द नहीं बोलीं पर उनका मुँह सूज गया।

अपनी नाराज़ पत्नी की अवहेलना करते हुए अनुग्रह प्रताप ने वॉशिंग मशीन का भुगतान किया और अगले कुछ घंटों में उनके घर वॉशिंग मशीन इंस्टॉल हो चुकी थी।

"सिर्फ़ दो हज़ार रुपयों की बात थी, फुल्ली आटोमेटिक ले लेते तो क्या बिगड़ जाता?" उमा देवी घर पहुँचते ही बोलीं। उनको मालूम था कि अनुग्रह प्रताप अब तक मुलायम पड़ चुके होंगे। "मुझे अपनी चादर की सीमा मालूम है उमा। मैं उतना ही ख़र्च कर सकता हूँ जितना मैं ईमानदारी से कमा सकूँ।" "एक मंत्री की पत्नी होने का क्या लाभ अगर अपनी मनपसन्द चीज़ें भी न ले पाओ?" उमा देवी के रहते अनुग्रह प्रताप को घर में भी संसद में होने जैसी ही अनुभूति होती थी। उनकी पत्नी उन्हें विपक्ष के नेताओं की कमी महसूस नहीं होने देती थीं।

अनुग्रह प्रताप सिंह अपनी पत्नी का मूड ठीक करना चाहते थे। उन्हें अभी बजट पर बहुत काम करना था और उसके लिए मन की शान्ति बहुत आवश्यक थी। सो अपनी पत्नी का मूड बदलने के लिए अनुग्रह प्रताप बोले, "उमा सुनो, कल मैं अपने जीवन का पहला बजट प्रस्तुत करने जा रहा हूँ, और सबसे बड़ी ख़ुशी की बात ये है कि भारत के इतिहास में पहली बार बजट का सजीव प्रसारण दूरदर्शन पर होगा।"

उमा देवी ये सुनकर अपना ग़ुस्सा भूल गईं और मुस्कराकर बोलीं, "मतलब मैं छुटकी, दीदी, भैयू, अम्मा जी, मौसी जी सबको बता दूँ कि कल आप टीवी

में आएँगे?" मायके में अपने पति के शो-ऑफ़ का मौक़ा कोई भी महिला छोड़ नहीं पाती है।

"यानी पूरा ससुराल मुझे देखेगा, और दोनों सालियाँ भी?" अनुग्रह प्रताप का तीर निशाने पर लगा था। उमा देवी का मूंड एकदम से बदल गया था। "और नहीं तो क्या? टीवी में आना कोई मज़ाक़ है क्या?" उमा देवी बोलीं। बजट प्रस्तुत करने से अधिक महत्त्व टीवी में आने का है ये बात अनुग्रह प्रताप को उस दिन पता चली।

"तब तो साफ़ धोती-कुर्ता पहनना पड़ेगा," अनुग्रह प्रताप बोले।

"चलिए नया ले आते हैं," उमा देवी झट से बोलीं।

"नहीं, उसमें पैसे फ़ालतू ख़र्च हो जाएँगे," अनुग्रह प्रताप का जवाब क्या होगा ये उमा देवी जानती ही थीं।

"अरे ये नई मशीन किस दिन काम आएगी? मेरा एक धोती-कुर्ते का सेट धो डालो, मशीन का उद्घाटन भी हो जाएगा।"

उमा देवी ने उत्साहित होकर वॉशिंग मशीन में सबसे पहले वही धोती-कुर्ता धोया जिसको पहनकर अनुग्रह प्रताप को अगले दिन देश का बजट प्रस्तुत करना था।

पूरे देश की नज़र अनुग्रह प्रताप सिंह द्वारा प्रस्तुत किए जानेवाले पहले बजट पर थी। चूँकि उसका दूरदर्शन पर सीधा प्रसारण भी हो रहा था, तो देखनेवालों की संख्या कई करोड़ की रही होगी। अनुग्रह प्रताप की पत्नी उमा देवी भी बजट को लाइव देख रही थीं।

"हमने ये बजट किसान और मध्यम वर्ग को ध्यान में रख बनाया है, ये दोनों हमारी अर्थव्यवस्था के पहिये हैं।" अनुग्रह प्रताप सिंह का पहला बजट किसानों और मध्यम वर्ग को पूरी तरह से राहत देनेवाला था। इनकम टैक्स की छूट बढ़ा दी गई थी, किसानों के क़र्ज़ों की दर घटा दी गई थी, शिक्षा के क्षेत्र में कई सुधार थे। बजट इतना अच्छा था कि विपक्षी नेता भी मेज़ थपथपा रहे थे और तभी अगली घोषणा हुई जिसने उमा देवी को स्तब्ध कर दिया।

"पूर्णत: ऑटोमेटिक वॉशिंग मशीन पर से एक्साइज ड्यूटी हटा दी गई है और अब मशीन के दाम लगभग दो हज़ार रुपए तक घट जाएँगे।"

अनुग्रह प्रताप सिंह के घर आते ही उमा देवी उन पर भड़क उठीं, "जहाँ मैं वॉशिग मशीन के लिए इतने दिन रुकी थी एक दिन और रुक जाती, आप मुझे बता तो देते कि पूर्णतः ऑटोमेटिक मशीन पर आप कल से एक्साइज ख़त्म कर दे रहे हैं।"

"देश के वित्त मंत्री को बजट गोपनीय रखना होता है," अनुग्रह प्रताप सिंह बोले। ये बात तो उमा देवी जानती थीं लेकिन अनुग्रह प्रताप का अपनी पत्नी को भी उसकी ज़रा सी भनक नहीं लगने देना, ये बात उमा देवी पचा नहीं पा रही थीं।

उस दिन के बाद से उन्होंने ये दावा करना छोड़ दिया कि वो अपने पति को अच्छे से जानती हैं।

पायल

काठगोदाम के स्टेशन पर जब मेरी ट्रेन पहुँची तो रात के ग्यारह बजे थे। ट्रेन तीन घंटा लेट आई थी। जाड़े के दिनों में वैसे भी काठगोदाम जैसे स्टेशनों पर भीड़ कम ही होती है। सो प्लेटफ़ार्म पर उस वक़्त मेरे अलावा कुल मिलाकर पन्द्रह-बीस पुरुष रहे होंगे और केवल एक महिला 'पायल'।

"काफ़ी लेट हो गई आपकी ट्रेन?" एक स्लीवलेस शार्ट टॉप और जीन्स पहनी हुई महिला ने जब मुझसे बोला तो यूँ लगा कि मेरे साथ-साथ सभी लोग उसकी तरफ़ ही देख रहे होंगे। कुछ तो कौतूहल की वजह से तो कुछ केवल ये सोचकर परेशान होंगे कि इतनी ठंड में ऐसे कपड़े कौन पहनता है।

पायल से मेरी फ़ोन पर तो बात हुई थी लेकिन उससे मुलाक़ात का संयोग आज पहली बार हुआ था। उम्र लगभग तीस या बत्तीस वर्ष, लम्बा क़द, गेहुएँ से गोरे के बीच का रंग। आकर्षक नाक-नक्श। कुल मिलाकर पायल को देखकर ये सोचना मुश्किल था कि उसके पति ने उसको छोड़ दिया होगा।

कहानी को आगे बढ़ाने से पहले ये उचित होगा कि पहले मैं अपना परिचय दे दूँ। मेरा नाम साहिल मेहरोत्रा है और मैं दिल्ली का निवासी हूँ। मेरा होटल और रिसॉर्ट का व्यवसाय है। मेरी आयु लगभग पैंतीस वर्ष की है। अपने माता और पिता के बीच के कटु सम्बन्ध देखने के बाद मैंने विवाह का विचार तो त्याग ही दिया था। मैं अपने जीवन को अपनी तरह से जी रहा था। मेरी ज़िन्दगी में सिर्फ़ दो काम थे, पैसा उड़ाना और पैसा उड़ाने के लिए पैसा कमाना।

पायल मेरे सम्पर्क में अभी तीन दिन पहले आई थी एक फ़ोन कॉल के माध्यम से।

"क्या मैं साहिल से बात कर सकती हूँ?" मेरे फ़ोन पर सुबह सात बजे ये कॉल आई थी। आम तौर पर इस वक़्त मेरा फ़ोन बन्द ही रहता था, उस दिन न जाने कैसे मैं अपना फ़ोन स्विच ऑफ़ करना भूल गया था।

"जी बोलिए, मैं साहिल बोल रहा हूँ।" फ़ोन अगर किसी पुरुष का होता तो मैं निश्चित ही काट देता, यहाँ तक कि सुबह सात बजे तो मैं महिलाओं को भी एंटरटेन नहीं करता लेकिन उस आवाज़ में जो कशिश थी उसने मुझे मजबूर कर दिया था कि मैं बात को आगे ले ही जाऊँ।

"मुझे आपसे एक प्रॉपर्टी के सम्बन्ध में बात करनी है।"

आजकल प्रॉपर्टी डीलर अपने यहाँ अच्छी आवाज़वाली लड़कियों को रख लेते हैं अपनी मार्केटिंग के लिए। मुझे लगा ये भी कोई सेल्स गर्ल होगी। "देखिए, मैं इस समय थोड़ा व्यस्त हूँ। आप कुछ देर बाद फ़ोन कर लेंगी प्लीज़।" मैंने इन मौक़ों पर हज़ारों बार बोला गया वाक्य दोहरा दिया।

"ठीक है, आप जब फ्री हों मुझे इसी नम्बर पर कॉल कर लीजिएगा। मेरा नाम पायल है और कुमाऊँ के क्षेत्र में हमारे पास एक बड़ी ज़मीन है जो आपके नए रिसॉर्ट के लिए बहुत उपयुक्त रहेगी।" यह कहकर उसने फ़ोन काट दिया। हालाँकि अब तक मेरी नींद उड़ चुकी थी। कुमाऊँ में अपना रिसॉर्ट बनवाने का मेरा सपना सिर्फ़ ज़मीन न मिलने की वजह से लटका हुआ था। पायल ने तो जैसे मुझे जगाकर फिर एक सपना दिखा दिया था। मैंने किसी तरह से एक घंटा काटा और ठीक आठ बजे उसको वापस फ़ोन कर दिया।

"खुल गई आपकी नींद?" पायल ने थोड़ा शरारती अन्दाज़ में बोला। "दरअसल मैंने ही आपको ग़लत समय पर फ़ोन कर दिया, चूँकि हमारे पहाड़ों में सुबह जल्दी हो जाती है तो मैंने सोचा..."

"नहीं, कोई बात नहीं। सुबह जल्दी जागना सेहत के लिए अच्छा ही होता है। आप अपनी ज़मीन के बारे में बता रही थीं।"

"जी, रानीखेत के पास मेरे पास लगभग 10 एकड़ ज़मीन है जो मेरे पिता मेरे नाम कर गए थे। हम लोग रानीखेत में रहते हैं। मैं, मेरी माँ और मेरी ढाई साल की बेटी।"

"और आपके पति?" ये बात मैं आज तक नहीं समझ पाया हूँ कि हिन्दुस्तानी पुरुष को किसी भी महिला से बात करते वक़्त यह सवाल पूछने की क्या ज़रूरत होती है।

"हम लोग साथ नहीं रहते...मेरा मतलब है हम अलग हो चुके हैं।" पायल के जवाब में कोई भाव नहीं था।

"आपको मेरा नम्बर किसने दिया?" मैंने एक और फ़ालतू सवाल पूछा।

"पिछले छह महीनों से मैंने इस विषय पर बहुत रिसर्च की है। मैं आपके काम से कुछ अधिक ही प्रभावित हुई और जिससे मैं प्रभावित होती हूँ उसे ढूँढ़ ही निकालती हूँ," पायल बोली। "अपने पति से अलग होने के बाद मैं आर्थिक रूप से स्वाबलंबी होना चाहती हूँ। अपनी ज़मीन पर पार्टनरशिप में एक रिसॉर्ट बनाने का इरादा है मेरा। अगर आपकी इस तरह के प्रोजेक्ट में दिलचस्पी है तो रानीखेत में आपका स्वागत है।"

पायल का ये जवाब सुनने के बाद मेरे पास रानीखेत न जाने का कोई कारण नहीं था।

"जी, ट्रेन बहुत लेट गई और मैं माफ़ी चाहता हूँ कि आपको मेरे लिए इतना इन्तज़ार करना पड़ा। आपको वापस चले जाना चाहिए था, मैं किसी-न-किसी साधन से रानीखेत आ ही जाता।" मैंने औपचारिकतावश बोल तो दिया पर सच तो ये है कि मुझे उसका आना अच्छा लगा था। अगले तीन घंटे मुझे पायल के साथ उसकी गाड़ी में बिताने थे। यह सोचकर मैं काफ़ी उत्साहित था।

"मैं ख़ाली हाथ वापस जानेवालों में से नहीं हूँ, जिसे लेने आती हूँ ले ही जाती हूँ," पायल ने हल्का सा मुस्कराकर बहुत अर्थपूर्ण बात की थी। मुझे शुरू से ही सक्षम और आत्मविश्वास से भरी महिलाएँ आकर्षित करती थीं। मैं निश्चित ही पायल की तरफ़ खिंच रहा था। लेकिन यह कहना भी ग़लत नहीं होगा कि मेरा आकर्षण पूर्णतः शारीरिक था। पायल की वेशभूषा और ख़ूबसूरत गठे हुए बदन ने मेरी वासना को जगाया भले न हो पर अपनी उपस्थिति से अवगत ज़रूर करा दिया था।

मैंने अपना सामान पायल की कार में रखा और बाहर ही उसके ड्राइवर की प्रतीक्षा करने लगा। मैंने ये ध्यान ही नहीं दिया कि इस बीच पायल ने स्वयं ही स्टीयरिंग सँभाल ली थी।

"चलें साहिल।" पायल बहुत अपनेपन से बोली, मानो वो अपने लहजे में अनौपचारिकता ला रही हो।

मैं भी क्यों पीछे रहता? मैंने झट से पराये लगने वाले 'आप' को अपनत्व वाले 'तुम' से एक धक्का दिया।

"हाँ, लेकिन तुम्हारा ड्राइवर कहाँ है?" मैंने पूछा।

"ड्राइवर? मुझे गाड़ी चलानी आती है। मुझ पर भरोसा नहीं है क्या?" पायल ने हँसकर कहा।

"नहीं, नहीं ऐसा कुछ नहीं है," मैंने अपनी स्थिति साफ़ करते हुए कहा, "मैं तो बस ये सोच रहा था कि इस इलाके में एक अकेली महिला और वो भी ऐसे..." मेरी अगली टिप्पणी पायल के कपड़ों पर आनेवाली थी पर मैंने अपना वाक्य वहीं पर रोककर सीधे-सीधे पूछा, "तुम्हें डर नहीं लगता?"

पायल ने पता नहीं मेरी बात सुनी या नहीं पर उसका कोई जवाब नहीं आया। उसकी गाड़ी अब पहाड़ियों के बीच गुज़र रही थी और सड़क पर गहरा सन्नाटा पसरा हुआ था।

"अपना हाथ देना साहिल।" पायल ने गाड़ी चलाते-चलाते अचानक अपना बायाँ हाथ बढ़ाया। मैं चौंक-सा गया लेकिन मैं मौक़ों को पहचानने में देर नहीं करता। मैंने तुरन्त अपना हाथ पायल के हाथ में दे दिया।

पायल ने अब जो किया उसने मुझे और चौंका दिया। वो मेरा हाथ अपनी कमर तक ले गई। मैं एक विचित्र स्थिति से गुज़र रहा था। ऐसे में शरीर की हरकत दिमाग़ की नसों को बन्द कर देती है और मेरे साथ भी यही हुआ। मेरे दिमाग़ ने सोचने का काम बन्द कर दिया था। पायल की कमर का वो खुला हुआ हिस्सा जो शार्ट टॉप और लो वेस्ट जीन्स की वजह से एक बड़ा क्षेत्रफल था, अब मेरी उँगलियों की चहलकदमी के काम आ रहा था। गाड़ी में बजनेवाला संगीत और पायल के महँगे परफ़्यूम की ख़ुशबू माहौल में मादकता भर रही थी। मेरी उत्तेजना बढ़ रही थी।

"कुछ महसूस हुआ?" पायल ने मुस्कराकर पूछा।

"क्या महसूस होना चाहिए?" मैंने पूछा। मैं इससे ज़्यादा कुछ कहने की स्थिति में नहीं था।

"अगर अब भी कुछ महसूस नहीं हुआ तो अपना हाथ थोड़ा और नीचे ले जा सकते हो।" पायल बोली।

मेरी उँगलियाँ किंकर्तव्यविमूढ़ थीं। वे चुपचाप नीचे की तरफ़ बढ़ीं और एकदम से ठिठककर रुक गईं।

एक बेहद ठंडे लोहे से टकराने के बाद वे ख़ुद ठंडी पड़ गईं।

"तुमने पूछा था ना कि मुझे डर क्यों नहीं लगता," पायल बोली।

"इसी रिवॉल्वर की वजह से मुझे डर नहीं लगता।"

मेरा हाथ एक अपराध का बोध लिए अपनी जगह पर वापस आ गया था।

मदद

देवेन की उम्र लगभग दस या ग्यारह वर्ष की रही होगी। स्कूल की सफ़ेद यूनिफ़ॉर्म पहनकर अपने कन्धे पर भारी-सा बस्ता और अपने मस्तिष्क पर पढ़ाई का बोझ डाले वो स्कूल जा रहा था, सड़क की बाईं ओर चलते हुए।

"हमेशा बाईं तरफ़ ही चलना।" उसकी माँ ने ये सीख तब दी थी जब वो पहले दिन अकेले चलकर स्कूल गया था और देवेन ने आज तक कभी भी इस नियम का उल्लंघन नहीं किया था।

देवेन के घर से उसके स्कूल की दूरी लगभग ढाई से तीन किलोमीटर के बीच की रही होगी। जब से वो पाँचवी कक्षा में था तब से वो घर से स्कूल और स्कूल से घर अकेले पैदल ही जाता था। उसके माता-पिता ने छोटी दूरी के लिए बस या वैन लगाना उचित नहीं समझा था। उन्होंने रोज़-रोज़ छोड़ने और लाने की कवायद से भी पिछले तीन वर्षों से अपने आपको मुक्त रखा था।

पिछली रात देवेन ने देर तक पिता के मोबाइल पर गेम खेला था जिसकी वजह से उसे सोने में देर हुई थी सो आँखों में नींद की खुमारी तो थी ही और उसके ऊपर होमवर्क पूरा न होने पर जो डाँट पड़नेवाली थी उसकी चिन्ता अलग।

देवेन देख तो सड़क पर रहा था लेकिन उसके मस्तिष्क की उधेड़बुन उसे अलग ही दुनिया में उलझाए हुई थी। तभी उसे सड़क की दूसरी तरफ़ एक बहुत प्यारा-सा कुत्ते का पिल्ला नज़र आया। सफ़ेद रंग का, ऊन के गोले जैसा फुदकता हुआ। देवेन अपने माँ-बाप का इकलौता बेटा था। घर में कोई साथी न होने की वजह से वो अकसर अकेलापन महसूस करता था। उसका मन करता था कि घर में एक कुत्ता आ जाए जिससे उसका मन लगा रहे। एक बार उसके पिता ने मोबाइल खेलने पर झिड़का था, "दिन-रात मोबाइल पर लगे रहते हो।"

"मैं अकेला बोर होता हूँ पापा। एक काम करते हैं...कुत्ता पाल लेते हैं। मेरा एक दोस्त है वो पाँच हज़ार में एक अच्छी नस्ल का पिल्ला बेच रहा है।" देवेन ने अपने पिता से बोला।

"कुत्ते का बच्चा है कि घोड़े का?" देवेन के पिता को शायद इस विषय में कोई जानकारी नहीं थी। "कुत्ते के पिल्ले के लिए इतने पैसे मैं नहीं ख़र्च कर सकता।" उसे लगा कि उसकी ये इच्छा पूरी हो सकती है। पास में ही कल्लू की चाय की दुकान थी जिसके यहाँ से वो अकसर समोसे और पकौड़ी ले जाता था। देवेन ने सोचा पिल्ले को वो कल्लू के यहाँ ले जाकर दूध पिला देगा और फिर किसी डोरी से बाँधकर छोड़ देगा। दोपहर में स्कूल से वापस आते वक़्त उसे घर ले आएगा। ये सोचकर वो अचानक ही सड़क की दूसरी तरफ़ दौड़ पड़ा और तभी पीछे से आती हुई एक महँगी तेज़ रफ़्तार कार ने उसको टक्कर मार दी। देवेन छिटक के थोड़ी दूर जा गिरा। कार चालक ने गाड़ी रोकने की कोशिश तो की लेकिन उसकी तेज़ गति एकदम से कम नहीं हो पाई और ये दुर्घटना घट गई।

कार चालक कुछ समझ पाता इससे पहले ही कल्लू की दुकान पर चाय पीनेवाले और आसपास के लोग उसकी तरफ़ दौड़े—क्रोध और उत्तेजना से भरे हुए। बस फिर वही हुआ जो ऐसी दुर्घटना में होता है। कार चालक ने मौके की नज़ाकत समझी और वो तुरन्त ही भाग निकला। अब घटनास्थल पर एक तरफ़ था देवेन जो सर पे लगी चोट की वजह से बेहोश हो गया था, और दूसरी तरफ़ थी लगातार बढ़ती हुई भीड़।

"भाग गया साला, रफ़्तार पर कोई नियंत्रण ही नहीं है।" पहली टिप्पणी आई।

"ये सब बिगड़े बाप की औलाद हैं। महँगी गाड़ियों से लोगों को रौंदना इनकी आदत बन गई है। सब सलमान खान हो गए हैं।" दूसरी आवाज़ आई।

इधर देवेन के सर से लगातार खून बह रहा था। "बच्चा अभी ज़िन्दा है, कोई इसे हॉस्पिटल क्यों नहीं ले जाता?" इस बार एक महिला बोली।

"अरे मैडम, ये पूछने से अच्छा है कि आप ही इसे ले जाएँ हॉस्पिटल।" महिला को टका-सा जवाब मिला और वो इधर-उधर हो गईं।

भीड़ बढ़ती जा रही थी पर कोई भी देवेन को उठाकर अस्पताल ले जाने को तैयार नहीं था।

कौन कोर्ट-कचहरी-पुलिस को झेलेगा? सबके मन में यही डर था। सड़क पर चलनेवाली गाड़ियाँ भी भीड़ देखकर रुकती ज़रूर थीं और फिर उन पर सवार

लोग भीड़ से आधी-अधूरी जानकारी लेकर अपना कौतूहल शान्त करके आगे बढ़ जा रहे थे। किसी ने शायद एम्बुलेंस बुलाने की भी कोशिश की थी लेकिन नम्बर लगा नहीं, ऐसा सुनने में आया था।

इसी बीच वहाँ से एक ऑटो गुज़रा। भीड़ देखकर ऑटो में सवार विष्णु ने ऑटो ड्राइवर से पूछा—"इतनी भीड़ क्यों है भैया?"

"कोई एक्सीडेंट हुआ है शायद।" ऑटोवाले ने जवाब दिया। सोलह से अठारह घंटे सड़क पर रहनेवाले ऑटो ड्राइवर के लिए ऐसी दुर्घटनाएँ कोई बड़ी बात नहीं थीं।

"रोकना ज़रा, हो सकता है किसी को मदद की ज़रूरत हो।" विष्णु बोला।

"अरे छोड़िए साब, ये सब तो सड़कों पर होता रहता है। आप कहाँ इन पचड़ों में पड़ेंगे?" ऑटो ड्राइवर ने अपनी स्थिति स्पष्ट कर दी।

तब तक विष्णु की नज़र घायल देवेन पर पड़ी, "अरे ये तो कोई बच्चा है। तुम रुको, मैं अभी आया।"

यह कहकर विष्णु एक झटके से उतरकर तेज़ी से देवेन की तरफ़ बढ़ गया।

"इसका तो काफ़ी खून बह रहा है, आप लोग कर क्या रहे हैं? इसे तुरन्त हॉस्पिटल ले जाना चाहिए था।" विष्णु ने थोड़ी रौबदार आवाज़ में भीड़ से कहा।

"ये लीजिए, एक और आ गए बातों के सिकंदर। अमा, हमें जो करना है वो हम करेंगे, आपको ज़्यादा चिन्ता है बच्चे की, तो आप ले जाइए ना अस्पताल।" विष्णु को तुरन्त एक ताना मिला।

"ठीक है, मैं ही ले जाता हूँ।" यह कहकर विष्णु ने देवेन को गोद में उठाया और अपने ऑटो तक ले आया। "हमें इसे तुरन्त अस्पताल लेकर चलना पड़ेगा।"

घायल देवेन को विष्णु की गोद में देखकर ऑटो ड्राइवर घबरा गया।

"नहीं साहब, हम नहीं ले जा पाएँगे इसे।"

"भैया प्लीज़, ले चलो, बच्चे की जान खतरे में है, तुम जो पैसे कहोगे मैं दे दूँगा," विष्णु बोला।

ऑटो ड्राइवर ने बिन कुछ कहे ऑटो अस्पताल की तरफ़ बढ़ा दिया।

"बच्चे को खून की ज़रूरत है, कौन देगा?" अस्पताल में डॉक्टर ने विष्णु से पूछा।

"मैं दूँगा," विष्णु बोला।

"आप बच्चे के कौन हैं?" डॉक्टर ने पूछा।

"ये सब जानकर आप क्या करेंगे? ये बच्चा सड़क पर घायल पड़ा था तो मैं इसे यहाँ ले आया। आप इसको ठीक कर दीजिए प्लीज़," विष्णु ने ऐसे बोला जैसे कि वो देवेन का कोई निकट सम्बन्धी हो।

"आप चिन्ता मत करिए बच्चा एकदम ठीक हो जाएगा लेकिन फिर भी आप बच्चे के माँ-बाप को बुला लेंगे तो बेहतर होगा।" डॉक्टर के आश्वासन से विष्णु की जान में कुछ जान आई। उसने देवेन के आई-कार्ड में स्कूल का नाम और नम्बर देखा और वहाँ से उसने देवेन के पिता का नम्बर पता किया और अस्पताल के पीसीओ से ही उन्हें कॉल किया। "अभी कुछ देर पहले आपके बच्चे को एक कार ने टक्कर मार दी थी, उसे इस दुर्घटना में थोड़ी चोट लग गई है।"

"चोट? कहाँ लगी, कितनी गहरी है? देवेन ठीक तो है ना?" देवेन के पिता ने घबराहट भरे स्वर में पूछा।

"आप चिन्ता न करें, देवेन एकदम ठीक है," विष्णु ने देवेन के पिता को आश्वस्त करते हुए कहा।

"जिस कार ने देवेन को टक्कर मारी थी उसका ड्राइवर पकड़ा गया या नहीं?" बेटे की हालत के बारे में आश्वस्त होने के बाद देवेन के पिता के स्वर में अब घबराहट की जगह क्रोध ने ले ली थी।

"नहीं, वो तो शायद तुरन्त ही भाग गया था," विष्णु बोला।

"एक बार वो पकड़ में आ जाए तो छोड़ूँगा नहीं साले को।" यह कहकर देवेन के पिता ने फ़ोन काट दिया।

इस बीच देवेन को होश आ गया।

"अब ये एकदम ठीक है और घर जा सकता है। आपने इसके अभिभावकों को बुला लिया हो तो उन्हें ये बिल चुकाने के लिए बोल दें।"

"आप बिल मुझे दीजिए," विष्णु ने कहा।

डॉक्टर ने पहले तो विष्णु को कुछ सन्देह भरी नज़रों से देखा लेकिन फिर अपनी फ़ीस और दवाई का बिल उसे दे दिया।

विष्णु ने तुरन्त ही पैसों का भुगतान कर दिया, तब तक देवेन के माता-पिता भी आ गए। माँ बदहवास-सी देवेन से चिपटकर रोने लगी और पिता ने डॉक्टर से मुख़ातिब होकर कहा, "सच ही है कि डॉक्टर भगवान होते हैं, आज आपने मेरे देवेन की जान बचा ली।"

"भगवान मैं नहीं, ये सज्जन हैं। अगर बच्चे को यहाँ आने में पाँच मिनट की भी देर हो जाती तो कुछ भी हो सकता था। ये बच्चे को उठाकर यहाँ लाए, उसको अपना खून दिया और उसके इलाज के सारे पैसे भी इन्होंने ही चुकाए हैं।" डॉक्टर ने खुले मन से विष्णु के प्रयासों को सराहा। लेकिन इस बीच विष्णु नज़रें झुकाकर खड़ा रहा।

"आप जैसे इनसान इस ज़माने में भी हो सकते हैं, विश्वास नहीं होता," देवेन की माँ ने रूँधे हुए गले से बोला।

"सच में, आप जैसे लोग कहाँ मिलते हैं आजकल? एक वो जल्लाद जो इसे अपनी गाड़ी से मारकर भाग गया और एक आप जिसने इसे बचाने के लिए हर सम्भव प्रयास किया," देवेन के पिता ने कहा।

"ख़ैर, ये सब छोड़िए और ये बताइए कि हमें आपको क्या देना है?" देवेन के पिता विष्णु को फ़ीस आदि का भुगतान करना चाहते थे।

"कुछ ख़ास ख़र्चा नहीं हुआ है, जाने दीजिए," विष्णु ने कुछ संकोच के साथ कहा।

"नहीं, ये नहीं हो सकता। आपको लेना ही होगा," यह कहकर देवेन के पिता अपना बटुआ निकालने वाले ही थे कि विष्णु बोला, "ठीक है, अगर आप मेरी मदद की क़ीमत चुकाना ही चाहते हैं तो आपको भी मेरी मदद करनी होगी और वो इलाज में ख़र्च हुए पैसों से कहीं अधिक होगी।"

देवेन के पिता के मन में उस विष्णु के लिए जो कृतज्ञता और सम्मान की भावना थी वो कुछ क्षीण पड़ गई। उन्होंने अपने बटुए में रखे हुए नोटों को गिनते हुए थोड़ी बेरुखी से कहा, "अब शर्म मत करो। साफ़-साफ़ बताओ कितना चाहिए?" इस बीच देवेन की माँ अपने आँचल से अपने सोने के कंगन और हार छुपा चुकी थी।

"मुझे...आपसे क्षमा चाहिए," विष्णु बोला। "आज सुबह आपके बेटे देवेन को मेरी ही गाड़ी से टक्कर लगी थी। यह अचानक सड़क पर आ गया और मैं जब तक ब्रेक लगाता यह गाड़ी के सामने आ गया। मैं वहाँ पर रुककर इसकी मदद करने की सोचता उससे पहले ही भीड़ मेरी तरफ़ भागी। वो लोग निश्चय ही मेरी इतनी पिटाई कर देते कि मैं इसकी मदद के लायक़ नहीं रहता। मैंने अपनी गाड़ी कुछ दूर ले जाकर खड़ी कर दी और मैं ऑटो करके घटनास्थल पर पहुँच गया।"

विष्णु ने अपनी बात पूरी की और जब तक कि देवेन के माता-पिता अपनी आँखों के बहते हुए आँसुओं को पोंछ पाते, वो कहीं ग़ायब हो चुका था।

रेस

"मिस्टर कपूर, इस शनिवार अपने स्कूल के स्पोर्ट्स डे पर आपको मुख्य अतिथि के रूप में बुलाना चाहती हूँ।" सेंट पीटर स्कूल की प्रिंसिपल सिस्टर लुई ने फ़ोन पर बोला। लखनऊ के सबसे प्रतिष्ठित स्कूलों में से एक में मुख्य अतिथि के रूप में आमंत्रण मिलना ही अपने आप में किसी गौरवशाली पुरस्कार प्राप्त करने से कम नहीं होता।

"मैं अवश्य आऊँगा लेकिन कार्यक्रम के समापन तक शायद रुक न पाऊँ।" शनिवार को अत्यधिक व्यस्तता होने के बावजूद मैं यह मौक़ा छोड़नेवाला नहीं था।

"आप बस फीता काटकर शुभारम्भ करवा दीजिएगा और उसके बाद एक-दो रेस देखकर आप जा सकते हैं, उसी समय मीडियावाले भी उपस्थित रहेंगे।" सिस्टर लुई बोलीं।

मेरे लिए इससे बेहतर क्या हो सकता था, एक घंटे की प्रतिभागिता और कल तमाम अख़बारों में फ़ोटो। सेन्ट पीटर में शहर के अधिकतर अख़बारवालों के बच्चे आधी फ़ीस पर पढ़ते थे। यहाँ तक कि कुछ सम्पादकों के बच्चे तो नि:शुल्क शिक्षा प्राप्त कर रहे थे। इस कारण मीडिया में सेन्ट पीटर छाया रहता था।

अच्छा पहनना और अच्छा खाना, मैंने जीवन में अपने इन दोनों शौक़ को बहुत महत्त्व दिया है। बचपन से ही मैं घर के हर फंक्शन में नए कपड़े की ज़िद करता था, भले वो पूरी हो या नहीं। मैंने सेन्ट पीटर्स के स्पोर्ट्स डे कार्यक्रम के लिए भी एक शानदार सूट सिलवा लिया। गुलाबी सर्दी की सुबह, बड़ा-सा खुला हुआ मैदान, चारों तरफ़ हरे-भरे वृक्ष, रंगबिरंगे परिधानों में उत्साह से भरे बच्चे और इन सबके बीच में मैं यानी मुख्य अतिथि। "प्रसिद्ध लेखक श्री रचित कपूर हमारे शहर की शान हैं, इनकी पुस्तकें हम सबने पढ़ी हैं और उन पर बनी फ़िल्में भी कई बार देखी हैं," ज़बर्दस्त तालियों के बीच मेरा परिचय पढ़ा गया। मैंने जब फीता काटा तो चारों तरफ़ से कैमरों

की क्लिक देखकर ऐसा लग रहा था जैसे मैं कोई फ़िल्म स्टार हूँ। उसके बाद सिलसिला शुरू हुआ मेरे साथ सेल्फ़ी खिंचवाने का, बहुत-सी कम उम्र की ख़ूबसूरत टीचर्स जो टीचर कम मॉडल अधिक लग रही थीं, वे मेरे साथ फ़ोटो खिंचवाने के लाइन में लगी थीं। कुछ-कुछ अमिताभ बच्चन जैसी फ़ील आ रही थी। मेरी चाल-ढाल में एक स्वैग आ गया था जो लगातार बढ़ता ही जा रहा था। और तब तो हद ही हो गई जब मुझसे कहा गया कि आपको गार्ड ऑफ ऑनर लेना है, यानी स्कूल के सभी छात्र मार्च करेंगे और हाउस कैप्टेन अपना ध्वज झुकाकर सलामी देंगे। मैं बचपन में जब भी छब्बीस जनवरी की परेड देखता था तब मन में ऐसे ही सलामी लेने का एक सपना जग उठता था। और आज मैंने उस सपने का छोटा सा हिस्सा जी लिया था।

मार्च पास्ट के बाद आरम्भ हुई प्रतियोगिताएँ। सबसे पहले नर्सरी कक्षा के बच्चों ने अपनी रेस में भाग लिया। तभी उद्घोषणा हुई—"विजेताओं को मेडल देने के लिए अब मैं आग्रह करूँगी अपने मुख्य अतिथि श्री रचित कपूर से कि वो स्टेज पर आएँ।" वो दिन तो ग़ज़ब था! एक के बाद एक वी.आई.पी. क्षण आ रहे थे ज़िन्दगी में। मुझे इतना मज़ा आ रहा था कि मैं यह भूल ही गया कि मुझे किसी और कार्यक्रम में भी जाना था। "आप कुछ लीजिए ना।" सिस्टर लुई मेरे लिए अपने हाथ से जलपान की प्लेट ले आई थीं। तभी उनके स्टेनो ने आकर उनके कान में कुछ फुसफुसाया। अपने कान पूर्णतः खड़े करने के बाद भी मुझे इतना ही सुनाई पड़ा "....आ गए हैं।" यह सुनना था कि सिस्टर लुई हड़बड़ा गईं। वो जलपान की प्लेट मुझे पकड़ाकर गेट की ओर भागीं। मुझे भूख तो बहुत लग रही थी और प्लेट में रखी मलाई की गिलौरी देखकर मुँह में पानी भी आ रहा था, तब भी शिष्टाचार के नाते मैंने सिस्टर लुई के वापस आने तक प्रतीक्षा करना ही उचित समझा।

थोड़ी देर में सिस्टर लुई एक अत्यन्त साधारण-से दिखनेवाले, छोटे क़द के व्यक्ति के साथ अन्दर आईं। पैंट-बुश्शर्ट के साथ बन्डी पहने हुए व्यक्ति के परिधान या चाल-ढाल से उसके ओहदे का पता तो नहीं लग रहा था पर वो जो भी था, स्कूल का पूरा महकमा अब उसी की आवभगत में लग गया था। उस व्यक्ति को बैठाने के लिए सिस्टर ने जब मुझे खिसकने का इशारा क़िया तो मुझे बहुत अच्छा नहीं लगा।

"आप कुछ लीजिए ना।" सिस्टर लुई ने अपने इसरार की पुनरावृत्ति की लेकिन इस बार उनका केन्द्रबिन्दु मैं न होकर वह व्यक्ति था। और इतना ही नहीं, प्लेट में रखी इकलौती मलाई की गिलौरी सिस्टर ने अपने हाथ से उस व्यक्ति को खिला दी। मुझे अब इस व्यक्ति से चिढ़ हो रही थी। शोहरत बड़ी अजीब चीज़ है, एक बार

न मिले तो ठीक है, पर जब मिलने के बाद छीनी जाए तो आपके मन में वही भाव आते हैं जो द्रौपदी के मन में चीर-हरण के समय आए होंगे। उसी समय एक और रेस ख़त्म हुई। "विजेताओं को मेडल देने के लिए अब मैं आग्रह करूँगी..." मैं मेडल पहनाने के लिए स्टेज पर जाने ही वाला था कि उद्घोषिका ने अपना वाक्य पूरा किया, "अपने विशिष्ट अतिथि श्री ननकऊ चौधरी से कि वो स्टेज पर आएँ।" सेन्ट पीटर में तो जैसे 'सम्मान से अपमान तक' नामक फ़िल्म की पटकथा लिखी जा रही थी। अब स्पोर्ट्स डे का हीरो सवा पाँच फुट का ननकऊ चौधरी था जो नाम से लेकर पहनावे तक मुझसे बहुत कमतर दिख रहा था। मुझे इस आयोजन में आकर जितनी ख़ुशी हुई थी वो ननकऊ चौधरी नामक इस व्यक्ति ने हड़प ली थी। मेरा आत्मविश्वास डगमगा रहा था और मैं बहुत छोटा और उपेक्षित महसूस कर रहा था। मुझे लगा कि अब मेरा वहाँ से निकलना ही ठीक होगा। "आपका बहुत आभार सिस्टर अब मैं निकलूँगा।"

"ओके सर।" सिस्टर ने बैठे-बैठे जवाब दिया। "मिस्टर रमेश," सिस्टर ने अपने स्टेनो से कहा, "सर को बाहर छोड़कर आइए।" "आइए सर," स्टेनो मुझे साथ ले चलने के लिए तैयार था। "मैंने ननकऊ चौधरी साहब को पहचाना नहीं, कोई मंत्री हैं क्या?" मैंने बाहर निकलते हुए पूछा। "नाइ सर," स्टेनो सम्भवतः केरल का निवासी था, "कोई मिनिस्टर नाई है ये चौधरी, हेल्थ डिपार्टमेंट में जूनियर इंस्पेक्टर है।"

"पर इसको तो बड़ी वी.आई.पी. वाली इज़्ज़त मिल रही है।" मेरी कुंठा अब शिष्टाचार की दीवार को तोड़कर बाहर आ गई। "नो सर, सब दिखावा है। स्कूल का बोर्डिंग में चार बच्चों को फूड पॉयजनिंग हुआ है लास्ट वीक, उसकी जाँच ये इंसपेक्टर कर रहा है, बस इसीलिए सब इस दो कौड़ी के इनसान के आगे-पीछे घूम रहे हैं।" ननकऊ चौधरी की असलियत जानने के बाद मेरी ज़ान में जान आई और मैं अपनी नज़रों में फिर से ऊपर चढ़ गया था। अचानक दर्शकों का शोर सुनकर मैं रुक गया। छोटे बच्चों की सौ मीटर की रेस शुरू हुई थी। एक बच्चे ने शुरू से ही लीड ले ली थी और वह अन्य बच्चों से काफ़ी आगे था। फ़िनिशिंग लाइन से थोड़ा पहले उसने मुड़कर देखना चाहा कि उसके प्रतिद्वंद्वी कितना पीछे हैं। वो जितनी देर में मुड़कर देख रहा था उतनी ही देर में दूसरे नम्बरवाला बच्चा उसके आगे निकल गया और रेस जीत गया। मैं उस जीती हुई रेस हार जानेवाले बच्चे के चेहरे में अपना चेहरा देख रहा था। ज़िन्दगी की रेस में हम न तो अपने से आगे दौड़नेवालों से कम होते हैं, न ही अपने पीछे दौड़नेवालों से बेहतर। हम सिर्फ़ अपने आपसे बेहतर या कमज़ोर हो सकते हैं।

लापरवाही

मैं बहुत ही लापरवाह क़िस्म का व्यक्ति हूँ। इसका एक उदाहरण देखिए...यदि आपका घर रेलवे स्टेशन से आठ से नौ किलोमीटर की दूरी पर हो और आपको साढ़े ग्यारह बजे रात की ट्रेन पकड़नी है तो आपको हर हाल में पौने ग्यारह बजे तक घर से निकल जाना चाहिए। लेकिन मैं घर से निकला ग्यारह बजे के बाद। यदि यह यात्रा स्वयं मुझे करनी होती तो शायद मैं उतना नर्वस नहीं होता पर ट्रेन मेरी पत्नी को पकड़नी थी तो पैनिक कुछ अधिक ही था और ट्रेन भी कौन सी... लखनऊ-दिल्ली एसी स्पेशल जो लखनऊ से ही चलती थी, यानी लेट होने का भी कोई चांस नहीं।

ख़ैर एक पैर एक्सीलेटर पर और दूसरा ब्रेक पर टिकाये हुए पाँचवा गियर लगाकर जो मैंने शूमाकर की तरह गाड़ी चलाई तो ठीक ग्यारह बीस पर मैं अपनी गाड़ी स्टेशन की पार्किंग में लगा चुका था। अगले पाँच-छह मिनट में मैंने अपनी पत्नी को उसकी रिज़र्व्ड सीट तक भी पहुँचा दिया।

“कार को हवाई जहाज़ जैसे उड़ाकर इसीलिए लाए हो ना कि मेरी ट्रेन न छूट जाए और तुम्हारी तीन दिन की आज़ादी खटाई में न मिल जाए?” मेरी पत्नी ने मुझे उलाहना देते हुए कहा। हालाँकि उसकी बात कुछ हद तक सच भी थी। मैं अगले तीन दिन तक आज़ाद पंछी की तरह रहूँगा, यह सोचकर मैं ख़ासा उत्साहित था।

अगले 3 मिनट में ट्रेन ने स्टेशन छोड़ दिया और अब मैं लखनवी इत्मीनान के साथ पार्किंग तक पहुँचा। पत्नी के साथ न होने से ऐसा लगता है जैसे आप पैरोल पर बाहर आ गए हों। मैंने गाड़ी को पार्किंग से निकाला ही था कि मुझे सड़क के कोने पर एक आकर्षक्र-सी महिला दिखाई पड़ी। उम्र लगभग तीस वर्ष, लम्बा क़द, मॉडल जैसी फ़िगर और गोरा रंग। उसने हाई हील की सैंडल, शिफॉन की साड़ी और लो कट वाला स्लीवलेस ब्लाउज़ पहन रखा था। रात के बारह बज रहे थे

और सामने इतनी हॉट महिला। जनवरी महीने की कोहरेवाली रात में भी मेरी आँखें उसको साफ़-साफ़ देख पा रही थीं।

उस महिला के स्मार्ट-से ट्रॉली बैग और वेशभूषा को देखकर तो यह लग रहा था कि उसका हवाई जहाज़ ग़लती से एयरपोर्ट के बजाय स्टेशन पर लैंड कर गया हो।

असली कमाल तो तब हुआ जब उसने हाथ दिखाकर मुझे रुकने का इशारा किया। मेरा पैर किंकर्तव्यविमूढ़ होकर ब्रेक पर चला गया था।

"जी बताइए," मैंने बाएँ हाथ का शीशा आधा खोलकर पूछा।

"मैं बहुत देर से टैक्सी बुक करना चाह रही थी पर मेरे फ़ोन का नेटवर्क ठीक से काम नहीं कर रहा, क्या आप अपने फ़ोन से मेरे लिए टैक्सी बुक कर देंगे?" उस महिला की आवाज़ में एक अजब-सा आकर्षण था।

"जी ज़रूर, आपको जाना कहाँ है?"

"हजरतगंज के जैमिनी होटल तक," उसने जवाब दिया।

"मैं उधर ही जा रहा हूँ, अगर आपको आपत्ति न हो तो मैं आपको होटल तक छोड़ सकता हूँ।"

मेरा हाथ अनायास ही बाएँ हाथवाले दरवाजे के लॉक पर गया और मैंने उस महिला के लिए अपनी गाड़ी का दरवाजा खोल दिया।

वह पहले तो कुछ हिचकिचाई पर अगले ही क्षण वो मेरे बगलवाली सीट पर बैठ चुकी थी।

"मेरा नाम श्यामली कपूर है। मैं दिल्ली में रहती हूँ और एक मल्टीनेशनल कम्पनी में सेल्स हेड हूँ। लखनऊ मैं एक कॉन्फ्रेंस के सिलसिले में आई हूँ।" यह कहकर उसने अपना विज़िटिंग कार्ड मुझे दिया।

"मेरा नाम विराज है और मैं भी सेल्स का ही काम देखता हूँ।" मैंने भी अपना विज़िटिंग कार्ड श्यामली को दे दिया।

"कितने दिन कॉन्फ्रेंस है आपकी?" मैंने बातचीत को आगे बढ़ाया।

"दो दिन, कल और परसों।"

"लखनऊ पहले आई हैं कभी?"

"नहीं, फर्स्ट टाइम है।"

अब मैं इस जुगाड़ में था कि कल की कॉन्फ्रेंस के बाद श्यामली के साथ कॉफ़ी या उससे कुछ और बेहतर प्रोग्राम बन जाए। चूँकि मेरी पत्नी दिल्ली गई हुई थी तो दिमाग़ के ऊपर कोई टेंशन भी नहीं था।

श्यामली से जान-पहचान बढ़ाने के लिए उसके साथ थोड़ा समय बिताना आवश्यक था। अब मुझे यह तो पता चल ही गया था कि श्यामली लखनऊ पहली बार आई है तो लम्बा रास्ता लेने की नीयत से मैंने बड़ी चालाकी से गाड़ी कैंट की ओर मोड़ दी। श्यामली ने कोई विरोध भी नहीं किया। उसे तो शायद रास्ते का अन्दाजा भी नहीं होगा।

हम कैंट की ओर बढ़ ही रहे थे जब श्यामली ने अपने पर्स से एक सिगरेट का पैकेट निकाला।

"डू यू स्मोक?" उसने पूछा।

"नहीं, मैं सिगरेट नहीं पीता," मैंने जवाब दिया। मुझे इस बात का पहली बार अफसोस हुआ था कि मैं स्मोक नहीं करता।

यह सुनकर श्यामली अपना पैकेट पर्स में वापस रखने लगी।

"नहीं, नहीं ...यदि आप स्मोक करना चाहती हैं तो ज़रूर करिए, मुझे कोई आपत्ति नहीं है।"

"जी, नौकरी में आकर मुझे इसकी आदत पड़ गई है और इस वक़्त मुझे ठंड भी लग रही है।" श्यामली ने जवाब दिया और एक सिगरेट अपने ख़ूबसूरत होठों के बीच में लगा ली।

"ओह गॉड! मेरा लाइटर तो दिल्ली स्टेशन पर चेकिंग के टाइम पुलिसवालों ने पर्स से निकाल दिया था। आपके पास तो लाइटर या माचिस होगी नहीं?"

"आप ठीक कह रही हैं। मेरे पास लाइटर या माचिस कुछ भी नहीं है लेकिन चिन्ता मत करिए मैं कहीं से माचिस लाने की कोशिश करता हूँ।"

न जाने क्यों मैं श्यामली को धुएँ के छल्ले उड़ाते देखना चाहता था।

तभी मुझे सड़क के उस पार एक छोटी-सी पान की गुमटी खुली हुई दिखाई दी। मैंने गाड़ी रोक दी और लपककर रोड की दूसरी ओर पहुँच गया।

"एक माचिस की डिब्बी देना।"

"एक रुपया खुला है साहब?" पानवाला बोला।

"नहीं, दस रुपए का नोट है," मैंने कहा।

"छुट्टा दो साहब।"

"दस का नोट रख लो यार।"

मैं माचिस लेकर जैसे ही रोड क्रॉस करने को हुआ मेरे होश उड़ गए। श्यामली मेरी कार लेकर ग़ायब हो गई थी। बदक़िस्मती से मेरा फ़ोन भी गाड़ी के ग्लव

बॉक्स में ही रखा था। अब मैं कुछ नहीं कर सकता था। मेरे हाथ-पैर फूलने लगे और आँखों के आगे अँधेरा-सा छाने लगा। मेरी एक साल पुरानी कार मेरे हाथों से निकल गई थी।

मुझे लगा मैं गश खाकर गिर जाऊँगा।

"कहाँ चलिहो साहब?" एक रिक्शेवाले ने पूछा।

"हज़रतगंज थाना," कहकर मैं रिक्शे पर बैठ तो गया लेकिन मेरी समझ में यह नहीं आ रहा था कि मैं रिपोर्ट में लिखूँगा क्या। मेरी इससे भी बड़ी चिन्ता यह थी कि मैं अपनी पत्नी को क्या बतलाऊँगा। और तभी मुझे एक और झटका लगा। मुझे याद आया कि मेरी गाड़ी का इन्श्योरेन्स दो दिन पहले एक्सपायर हो चुका था लेकिन लापरवाही के चलते मैं यह बात भूल गया था।

जीवन में कभी-कभी ऐसे क्षण आते हैं जब आप अख़बार में छपे हुए ठगी के क़िस्से और अपने दोस्तों द्वारा बयान की गई तमाम वारदातें भूल जाते हैं लेकिन अब मुझे वही सब याद आ रहा था।

"साहब दैखो नवाबन का, बाप की सड़क समझे हैं। गाड़ी का बीच हए मा खड़ी कर दैहें हैं," रिक्शेवाले की आवाज़ ने मेरा ध्यान खींचा। एक कार हज़रतगंज से कुछ पहले सड़क के बीचोबीच लावारिस खड़ी थी।

"अरे! यह तो मेरी ही गाड़ी है," मैं ख़ुशी से चिल्ला उठा और कूदकर गाड़ी की ओर भागा। उसमें चाभी लगी हुई थी। ये तो चमत्कार ही था। इससे पहले कि मैं कुछ समझ पाता, गाड़ी के ग्लव बॉक्स में रखे हुए मेरे मोबाइल पर बीप आई।

"कंजड़ कहीं के! गाड़ी इतनी बड़ी और पेट्रोल छटाँक भर का भी नहीं। सँभालो अपनी गाड़ी।" एक अनजान नम्बर से आया हुआ मैसेज था।

मेरी पेट्रोल न भरवाने की लापरवाही आज मेरे लिए वरदान बन गई थी।

भाग्य

"बीसियों इंटरव्यू दे आए हो बेटा, कहीं से कोई भी जवाब नहीं आया क्या?" पंडित राम शंकर मिश्रा ने अपने बेटे सार्थक से पूछा। "तुम्हारे कहे पे हमने क़र्ज़ा लेकर तुमको इंजीनियरिंग की पढ़ाई करवा दी, यहाँ तक कि तुम्हारी बड़ी बहन के लिए जो कुछ दहेज का पैसा जोड़ा था वह भी खरच दिया, यह सोचकर कि तुम कमा कर ये सब ज़िम्मेदारी उठा लोगे।" सार्थक को अपने पिता की बातें सुनकर क्रोध नहीं आया अपितु उसके मन में कुंठा के साथ एक अपराध भाव भी उभर रहा था। उसे लग रहा था कि उसने बेकार ही अपने पिता पर इंजीनियरिंग की पढ़ाई का अतिरिक्त बोझ डाला।

तमाम कोशिशों के बाद भी सार्थक को नौकरी नहीं मिल रही थी। उसकी इंजीनियरिंग की डिग्री बेकार साबित हो रही थी। उसके अपने बैच के लड़के दिल्ली, मुम्बई, बेंगलुरु जैसी महँगे शहरों में मात्र पन्द्रह-बीस हज़ार रुपए महीने के वेतन पर नौकरी कर रहे थे। जितनी कमाई नहीं थी उससे अधिक ख़र्चे थे। घर से जब तक महीने के दस हज़ार न आ जाएँ काम ही नहीं चल सकता था। सार्थक के लिए यह विकल्प था ही नहीं। घर में आय का स्रोत केवल उसके पिता राम शंकर मिश्रा की तनख़्वाह थी। राम शंकर मिश्रा एक सरकारी विभाग में क्लर्क थे और दो साल में रिटायर होनेवाले थे। उधर सार्थक की माता जी गठिये की बीमारी से ग्रस्त थीं और उनकी दवाओं पर भी अच्छा-खासा ख़र्चा हो जाता था।

"पापा ऐसे मत बोलो, सार्थक कोशिश तो कर रहा है। जब नौकरियाँ हैं ही नहीं तो मिलेंगी कैसे?" सार्थक की बहन मानसी बोली जो विवाह योग्य आयु में थी और ये जानती थी कि उसके पिता के पास उसकी शादी के ख़र्चे के पैसे नहीं हैं। मानसी के मन में कई बार नौकरी करने का विचार आया था लेकिन सार्थक की पढ़ाई के दौरान बीमार माँ की ज़िम्मेदारी उसके

ऊपर ही थी सो मानसी घर के पास-पड़ोस में ट्यूशन पढ़ाकर थोड़ा-बहुत कमा लेती थी।

पूरे रायबरेली में सार्थक का एक ही मित्र था देवेन्द्र। देवेन्द्र और सार्थक की दोस्ती नर्सरी से हो गई थी और समय के साथ और भी गहरी हो गई थी। दोनों एक-दूसरे से अपने मन की बात कह लेते थे।

देवेन्द्र के पिता हुक्म चन्द गुप्ता की इलेक्ट्रॉनिक्स की बड़ी-सी दुकान थी जो कि अच्छी-ख़ासी चलती थी सो देवेन्द्र को नौकरी की कोई चिन्ता नहीं थी। इंटर करने के बाद जहाँ सार्थक इंजीनियरिंग करने चेन्नई चला गया था वहीं देवेन्द्र अपने पिता की दुकान पर बैठने लग गया।

शाम को साढ़े आठ बजे के आसपास देवेन्द्र और सार्थक रोज़ ही थोड़ा समय साथ बिताते थे। दोनों एक-एक कप चाय और एक-एक सिगरेट पीते थे और बारी-बारी से उसका पैसा चुकाते थे। बचपन से लेकर आज तक दोनों दोस्तों में पैसे का कभी विवाद नहीं हुआ और वह इसलिए कि देवेन्द्र पूरा बनिया था। हिसाब-किताब हमेशा बराबर से कर देता था। चाय और सिगरेट का ख़र्चा दोनों दोस्त बारी-बारी से उठाते थे। जिस दिन चाय का पैसा सार्थक देता उस दिन सिगरेट देवेन्द्र लाता था।

"मेरे लिए मत लेना सुट्टा," सार्थक ने देवेन्द्र से कहा। उस दिन सिगरेट देवेन्द्र को लानी थी।"

"क्यों भाई, छोड़ रहा है क्या?"

"हाँ, यही समझ लो।"

"ऐ हेलो...यह तू अकेले नहीं कर सकता। जब छोड़ेंगे दोनों भाई साथ छोड़ेंगे। दिन में एक ही सिगरेट पीते हैं वो भी छोड़ दें?"

देवेन्द्र, सार्थक के लिए भी सिगरेट ले ही आया।

"टेंशन में लग रहा है तू?" देवेन्द्र को सार्थक की शक्ल से उसकी मन:स्थिति का अन्दाज़ा लग गया था।

"यार एक बात बता देवेन्द्र, तेरे बापू की दुकान में रिपेयरिंग का काम भी होता है ना? टीवी, वॉशिंग मशीन, माइक्रोवेव...ये सब आते रहते होंगे ना बनने के लिए? यार तू जानता है ना मुझे बचपन से इलेक्ट्रॉनिक सामान को ठीक करने का शौक रहा है।"

"हाँ, तो?" देवेन्द्र ने कश खींचते हुए उलाहना भरे स्वर में बोला।

"भाई, तू अपने बापू से बात कर ना कि मुझे अपनी दुकान में नौकरी पर रख लें। मैं उनका पूरा सर्विस सेंटर सँभाल लूँगा।"

"अबे गधे," देवेन्द्र ने सार्थक के कन्धे पर हाथ रखा और बोला "तू हिन्दुस्तान के टॉप के कॉलेज से इलेक्ट्रॉनिक इंजीनियरिंग पढ़कर इसलिए आया है कि रायबरेली के लाला हुक्म चन्द की दुकान पर मैकेनिक बनेगा?"

"जब नौकरी नहीं मिल रही तो क्या करूँ देवेन्द्र? पूरे तीन महीने हो गए हैं घर पर बैठे हुए।"

"लगता है तेरे पिताजी ने कुछ ज़्यादा ही डोज़ दे दी है आज। देख भाई, बापू को मैं बोलूँगा तो तुझे नौकरी तो दे देंगे, लेकिन मैं अपने बापू को जानता हूँ। मुझ से बड़े वाले बनिये हैं। वो तुझे तनख़्वाह देंगे तो फिर तुझसे दुकान के अन्य स्टाफ़ जैसा ही व्यवहार करेंगे।"

"मुझे कोई दिक़्क़त नहीं है," सार्थक बोला।

"अगर तुझे दिक़्क़त नहीं है तो मुझे क्या? कल चले चलना बापू के पास।"

सार्थक देवेन्द्र के पिता के बारे में इतना जानता था कि उनकी गिनती रायबरेली के धन्नासेठों में होती थी और नेताओं के अलावा यदि पूरे शहर में किसी के पास फॉर्चूनर गाड़ी थी तो वो लाला हुक्म चन्द गुप्ता के पास।

"प्रणाम चाचा जी," सार्थक ने लाला हुक्म चन्द के चरण स्पर्श किए।

"आओ सार्थक, देवेन्द्र मुझे बता रहा था तुम्हें नौकरी नहीं मिल रही?"

"जी चाचाजी मेहनत तो बहुत करता हूँ हर इंटरव्यू से पहले लेकिन भाग्य ही साथ नहीं देता," सार्थक ने जवाब दिया।

"तो बेटा जिसका भाग्य साथ नहीं देता उसको मैं अपनी दुकान पर रखकर अपना भाग्य क्यों बिगाड़ूँगा?" हुक्म चन्द गुप्ता ने उखड़ते हुए कहा।

सार्थक उनकी बात सुनकर घबड़ा गया।

"जी, भाग्य नहीं, मैं अपनी मेहनत, लगन और ईमानदारी बल पर नौकरी ढूँढ़ रहा हूँ," सार्थक ने डरते-डरते जवाब दिया।

"घंटा मेहनत, लगन, ईमानदारी," हुक्म चन्द गुप्ता ने सार्थक को चौंका दिया। "इनका अचार डालोगे क्या? मैं तुम्हें कामयाबी के पीछे का असली कारण बताता हूँ।" हुक्म चन्द गुप्ता ने बोलना शुरू किया—

"हमारे पुरखे लखनऊ में रहते थे। हमारा गल्ला मंडी में अच्छा-ख़ासा काम था। तीन-चार पीढ़ी तक तो सब ठीक था पर मेरे पिताजी निकले एक नम्बर के सटोरी। देखते-ही-देखते उन्होंने पुरखों की सारी पूँजी सट्टे में गँवा दी और फिर एक दिन अवसाद से ग्रसित होकर ख़ुदकुशी कर ली। विरासत में मुझे मिला हज़ारों का क़र्ज़ा।

उस वक़्त मेरी उम्र मुश्किल से सत्रह वर्ष की रही होगी। मेरे नाना रायबरेली में रहते थे। नानी का देहान्त हो चुका था। मेरी माँ के अलावा उनकी कोई संतान नहीं थी। यहाँ रायबरेली में उनकी एक बर्तन की दुकान थी जिससे वो ठीक-ठाक कमा लेते थे। सो, हम और हमारी अम्मा उनके साथ रहने यहाँ रायबरेली आ गए।" सार्थक ये समझ नहीं पा रहा था कि हुक्म चन्द उसको अपनी कहानी क्यों सुना रहे हैं लेकिन वो चुपचाप उनकी बात सुनता रहा। "नाना जम के काम करवाते थे, उन्हें मुफ़्त का नौकर जो मिल गया था।" कहानी सुनाते हुए हुक्म चन्द की भाव-भंगिमाएँ कई बार बदल रहीं थीं। कभी उनका चेहरा तमतमा जाता तो कभी आँखें भर आ रही थीं।

"मेरा उस साल बारहवीं का बोर्ड था पर नानाजी पढ़ने का समय ही नहीं देते थे सो मैं हो गया फेल और मेरे अन्दर भी अवसाद के लक्षण दिखने लगे। अम्मा इस बात से घबड़ा गईं। उन्होंने पिताजी का अवसाद देखा था। उनके मन में तमाम तरह की आशंकाएँ आने लगीं। तभी एक दिन नानाजी की दुकान में पंडित वीरेन्द्र शर्मा का आना हुआ। पंडित वीरेन्द्र शर्मा उन्हीं दिनों इलाहाबाद विश्वविद्यालय से ज्योतिष में डॉक्टरेट करके लौटे थे।

"कौन है ये लौंडा?" उन्होंने मुझे देखकर नानाजी से पूछा।

"हुक्म चन्द, नवासा है हमारा," नानाजी ने बताया।

"बेटा ज़रा हाथ दिखाओ अपना," पंडित वीरेन्द्र शर्मा ने मुझे अपने पास बुलाया। "पढ़ाई-लिखाई तो छूट जाएगी इसकी," पंडितजी मेरा हाथ देखकर बोले। उनकी बात सुनकर मेरा चेहरा खिल गया। मन में जो फेल होने का दुख था वो एक क्षण में निकल गया।

"लेकिन इसकी रेखाएँ बता रही हैं कि इस पर धन लक्ष्मी की कृपा होनेवाली है। कुछ व्यवधान है जिनको दूर करने के उपाय मैं बता दूँगा।"

"गुरुजी मुझे बचा लीजिए, मैं मरना नहीं चाहता," मुझे पंडित वीरेन्द्र शर्मा में अपना गुरु नज़र आ गया था।

नानाजी चुपचाप तमाशा देखते रहे और पंडित वीरेन्द्र शर्मा के जाते ही बोले, "ढोंगी है साला, जो उपाय बताने को कह रहा है ना उसके बदले में हज़ारों माँगेगा। नानाजी मेरी नज़र में पहले ही नेगेटिव कैरेक्टर थे, इस बात से तो पूरे विलेन बन गए।

अगले दिन मैंने अम्मा को पटाया और नानाजी को बिना बताए हम दोनों वीरेन्द्र शर्मा के घर पहुँच गए। पंडित ने विस्तार से मेरी कुंडली देखी और कहा—"बेटा हुक्म चन्द, कुंडली के अनुसार तो तुम्हारा अनुकूल समय शुरू होनेवाला है लेकिन

बृहस्पति के नीच राशि में होने की वजह से बाधाएँ आ सकती हैं। सोने की अँगूठी में पुखराज धारण से इसका उपाय हो जाएगा।"

एक तो पुखराज और वो भी सोने में यानी उस ज़माने में भी ख़र्चा तीन हज़ार से कम का नहीं था। मुझे फिर से अवसाद ने घेरना शुरू किया। तभी अम्मा ने अपना मंगल सूत्र उतारकर पंडित वीरेन्द्र शर्मा को दे दिया और कहा, "हुक्म के बाबू जी तो अब हैं नहीं सो यह मेरे किसी काम का नहीं है। अँगूठी का ख़र्चा तो निकल आएगा ना इससे पंडितजी?"

"जी हाँ, इसका सोना गलाकर अँगूठी बन जाएगी," पंडितजी अम्मा के मंगल सूत्र को हथेली पे रखकर ही तौल लिए थे। अगले बृहस्पतिवार को हमने अँगूठी धारण कर ली।

सार्थक को अब हुक्म चन्द की कहानी सुनने में मज़ा आ रहा था।

"मेरे अँगूठी पहनने के चौथे दिन अचानक नानाजी चल बसे। अम्मा के लिए ये बहुत बड़ा सदमा था। हमें लगा कि ये अँगूठी तो उलटा असर कर गई। तभी पता चला कि नानाजी अपनी सारी सम्पत्ति हमारे नाम कर गए हैं," हुकुम चन्द ने कहानी सुनाना जारी रखा।

"हमने पिताजी के समय में जो दारिद्रय भोगा था उसने हमें थोड़ा समझदार और थोड़ा लालची बना दिया था। यह बड़ा डेडली कॉम्बिनेशन था। हमने धीरे-धीरे नानाजी की दुकान का नक्शा ही बदल दिया। बर्तन की दुकान में अब धीरे-धीरे इलेक्ट्रॉनिक्स का सामान आने लगा। दुकान की कमाई बढ़ती गई। पंडित वीरेन्द्र शर्मा के कहे अनुसार हम अपनी अँगूठी को हर बृहस्पत को धूप दिखाते थे और अगले दो-चार दिनों में ही हमारा बिज़नेस और बढ़ जाता था। हमारा पंडितजी पर अटूट विश्वास था। अपना हर निर्णय हम पंडितजी से पूछकर ही लेते थे।"

"अब तुम शादी कर लो हुकम चन्द, और बरकत होगी।"

"पंडित वीरेन्द्र शर्मा की बात तो हम टाल ही नहीं सकते थे। हमारे लिए जो पहला रिश्ता आया वो देवेन्द्र की अम्मा का था, हमने हाँ कर दी। और शादी के बाद तो हमारे धंधे में जैसे पंख लग गए हों—टीवी, वॉशिंग मशीन, फ्रिज...धीरे-धीरे सबकी एजेंसी लेते गए और अगल-बगल की दुकानें ख़रीदकर हमने ये शानदार शोरूम बनवा लिया जिसमें तू नौकरी की बात कर रहा है।

"पता है, यह कहानी मैंने तुझे क्यों सुनाई बेटा?" हुक्म चन्द ने पूछा।

"नहीं," सार्थक ने सूक्ष्म-सा उत्तर दिया।

"मैं तुम्हें यह बता रहा था यदि भाग्य साथ दे तो तुम राजा और नहीं दे तो तुम रंक। भाग्य सबके पास है पर उसका उदय करने के तरीके पंडित वीरेन्द्र शर्मा जैसे लोग ही बताते हैं।" ये कहकर हुक्म चन्द ने अपने शोरूम में लगी पंडित वीरेन्द्र शर्मा की तस्वीर को प्रणाम किया।

"ये पंडित वीरेन्द्र शर्मा कहाँ मिलेंगे? सार्थक ने पूछा। हुक्म चन्द की बात सुनकर उसको कुछ उम्मीद बँध गई थी।

"पंडित वीरेन्द्र शर्मा अपना भौतिक रूप त्याग चुके हैं। हाँ, उनके कोई शिष्य हैं पंडित ऋषिराज जो उनका काम देखते हैं। तुम चाहो तो उनसे मिल लो," हुकुम चन्द गुप्ता ने कहा।

"जी, कल चला जाऊँगा पंडितजी के पास।"

अगले दिन सुबह नहा-धोकर सार्थक देवेन्द्र के साथ पंडित ऋषिराज के घर पहुँचा। पंडित ऋषिराज की उम्र मुश्किल से पैंतीस वर्ष की रही होगी। जींस और टी शर्ट पहनने वाले पंडित ऋषिराज को कोई ज्योतिष नहीं कह सकता था। सार्थक पहली नज़र में ही उनसे बहुत प्रभावित हो गया। पंडित ऋषिराज ने सार्थक की जन्म तिथि, जन्म स्थान आदि जानने के बाद अपने कम्प्यूटर में ही उसकी कुंडली देखी और कहा, "मित्र, तुम्हारा शनि कमज़ोर लग रहा है। तुम प्रयास तो बहुत करते हो लेकिन तुम्हें अपने प्रयास का फल नहीं मिलता है। कोई-न-कोई बाधा तुम्हारा काम होने से रोक देती है।" पंडित ऋषिराज ने सार्थक की दुखती रग पर हाथ रख दिया था।

"जी पंडितजी, आपका कहना एकदम ठीक है। अच्छे-से-अच्छा इंटरव्यू देने के बाद भी नौकरी नहीं मिलती है। एक जगह तो सिलेक्शन होने के बाद यह पता चला किसी दूसरे को सिफ़ारिश से नौकरी मिल गई है। और दूसरी जगह नियुक्ति-पत्र तो मिल गया लेकिन पता चला कि कम्पनी ही बन्द हो गई।" सार्थक ने अपनी व्यथा बताई।

"तुम चिन्ता मत करो, तुम्हें आठ रत्ती का नीलम पहनना होगा और उसके बाद देखोगे कितनी जल्दी तुम्हारा भाग्य बदलेगा।"

"कितने का आएगा यह नीलम?" सार्थक ने पूछा।

"सात हज़ार प्रति रत्ती के हिसाब से यही कोई छप्पन हज़ार का। इसके अतिरिक्त हज़ार रुपए की चाँदी और बनवाई।" पंडित ऋषिराज बोले।

सार्थक के लिए इस समय यह रक़म देना असम्भव था सो वो निराश हो गया। "इतना पैसा मैं कहाँ से लाऊँगा?" सार्थक बोला। उसकी इतनी हिम्मत नहीं थी कि

वह अपने पिता से इन पैसों की बात करता। वैसे भी ज्योतिष का तो नाम सुनते ही उसके पिता एकदम ही भड़क उठेंगे।

"मित्र, भाग्य तुम्हारी ड्योढ़ी पर खड़ा है। कहीं से भी पैसों का इंतज़ाम कर लो।"

अगले दिन डरते-डरते उसने अपनी माँ को पूरी बात बताई। सार्थक की माँ सावित्री देवी का तो ज्योतिष पर अटूट विश्वास था। "बेटा, मैंने तेरी बहन की शादी के लिए तेरे पिताजी से छुपाकर कुछ पैसे जोड़े हैं।" सावित्री देवी ने सार्थक को अपनी अलमारी की चाभी देते हुए कहा, "तू चुपचाप से रुपए निकालकर ले जा और अपनी अँगूठी बनवा ले।" माँ की बात सुनकर सार्थक की आँखों में आँसू आ गए। वो अपनी माँ से नज़रें नहीं मिला पा रहा था। "संकोच मत कर बेटा, समय अच्छा आ गया तो बहुत पैसे आ जाएँगे।" सार्थक को अलमारी में पचास हज़ार रुपए मिले।

"ये तो पचास ही हज़ार हैं।" पंडित ऋषिराज बोले।

"अब इससे अधिक मैं नहीं ला सकता। अगर अँगूठी नहीं बनती है तो न बने।" सार्थक कुंठित स्वर में बोला।

"अरे कोई बात नहीं, छह-सात हज़ार कम पड़ेंगे तो वो मैं अपने पास से लगा देता हूँ, जब पैसे आ जाएँ तो चुका देना।" पंडित ऋषिराज की बातों में ग़ज़ब का आत्मविश्वास था। उनकी सकारात्मकता अब सार्थक पर भी असर दिखाने लगी थी।

"आज गुरुवार है ना, अँगूठी मंगल को ले लेना।" पंडित ऋषिराज ने यह कहकर सार्थक की उँगली की नाप ले ली।

"पंडितजी सोमवार को एक इंटरव्यू है।" सार्थक ने कहा।

"अच्छा...कोई बात नहीं, मैं कल ही बनवा देता हूँ, शनिवार को धारण कर लेना।"

सोमवार को सार्थक का इंटरव्यू बहुत अच्छा गया और तीन दिन के अन्दर ही उसको नियुक्ति-पत्र भी मिल गया। उसको अच्छी तनख़्वाह पर बेंगलुरु की कम्पनी में नौकरी मिल गई थी। नीलम ने अपना असर दिखाना शुरू कर दिया था।

सार्थक अब अपनी तनख़्वाह का एक हिस्सा अपने पिता को भेजने लगा जिससे उनके क़र्ज़ों की किस्त सही समय पर चुकाई जा सके।

सार्थक के ऑफ़िस के बगल में एक बहुत बड़े ऑर्थोपेडिक डॉक्टर का क्लिनिक था। एक दिन सार्थक अपनी माँ की रिपोर्ट लेकर उनके पास गया।

"इनका एक ऑपरेशन करना पड़ेगा लेकिन ये एकदम ठीक हो जाएँगी," डॉक्टर ने सार्थक को बहुत उम्मीद बँधा दी थी। सार्थक ने अपने नीलम को चूमा और अपनी बहन को फ़ोन करके बोला "मानसी दीदी, यहाँ एक बहुत अच्छे

हड्डियों के डॉक्टर हैं। मैंने उनसे बात कर ली है अम्मा के बारे में। मैं तुम्हारे और अम्मा के लिए टिकट भेज रहा हूँ। कुछ दिन के लिए दोनों यहाँ आ जाओ। अम्मा को थोड़ी तकलीफ होगी पर कैसे भी करके उन्हें यहाँ ले आओ।"

बेटे से मिलने की बात सुनकर सावित्री देवी के पैरों में न जाने कहाँ से ताक़त आ गई और वह मानसी के साथ बेंगलुरु पहुँच गईं। सावित्री देवी का ऑपरेशन सफल रहा और उन्होंने धीरे-धीरे चलना-फिरना शुरू कर दिया। सावित्री देवी के रायबरेली लौटने पर लोगों को विश्वास ही नहीं हो रहा था कि उनके पैर एकदम ठीक हो गए हैं। सार्थक का नीलम अब उसके परिवार पर भी असर दिखा रहा था। वो नियमित रूप से हर शनिवार को अपनी अँगूठी को धूप दिखाकर पूजता अवश्य था।

दिन बीतते गए और कुछ ही समय बाद नीलम ने फिर अपना असर दिखाया। सार्थक के पास उसके पिताजी का फ़ोन आया—"मानसी की शादी तय हो गई है बेटा। बहुत अच्छा रिश्ता है। लड़का डॉक्टर है। लड़के वाले अगले हफ़्ते सगाई करना चाहते हैं।"

सार्थक ने अपनी अँगूठी को चूमा और बोला, "बड़ी अच्छी ख़बर है, मैं पहुँचता हूँ दो दिन में।"

सार्थक कई दिनों से रायबरेली जाना चाह रहा था। उसको पंडित ऋषिराज से मिलकर उनको अपनी सफलता की कहानी सुनानी थी और दूसरा उन्हें बाक़ी के सात हज़ार भी देने थे।

रायबरेली पहुँचकर सार्थक ने पंडित ऋषिराज को फ़ोन मिलाया लेकिन उनका फ़ोन उठा नहीं सो सार्थक पंडित ऋषिराज के घर पहुँचा। दरवाज़ा एक महिला ने खोला जो सम्भवत: उनकी पत्नी थी।

"पंडित ऋषिराज हैं क्या?"

"नहीं वो शहर के बाहर गए हैं, दो हफ़्ते में लौटेंगे।"

सार्थक वापस घर की तरफ़ चल दिया। उसके कुछ दूर निकल जाने के बाद पंडित ऋषिराज की पत्नी ने अपने पति से पूछा, "क्यों झूठ कहलवाया हमसे कि घर में नहीं हो?"

"अरे, इस लड़के को तीन महीने पहले एक काँच का टुकड़ा नीलम बताकर पहना दिया था और उसके एवज पचास हज़ार ऐंठ लिए थे। इसको पता चला होगा कि वो नकली है तभी चला आया होगा पैसा वापस लेने। अब जब तक कोई दूसरा मुर्गा नहीं फँसता इसको टालना ही पड़ेगा।

काला घोड़ा

मजूमदार साहब रिश्वत नहीं लेते थे।

उनकी गिनती ईमानदार आयकर अधिकारियों में होती थी। कहने को तो वह कमिश्नर ग्रेड के अफ़सर थे लेकिन उनमें आम अफ़सरों वाले गुण कम ही दिखते थे। निर्मल स्वभाव वाले मजूमदार साहब संगीत, साहित्य एवं कला प्रेमी थे।

मुझे अभी हाल ही में व्हाट्सएप पर उनका आमंत्रण मिला एक चित्र प्रदर्शनी में आने का और तुरन्त बाद उनका फ़ोन भी आ गया।

"वर्मा जी, मेरी पत्नी के चित्रों की प्रदर्शनी है। पहली बार हिम्मत कर रही हैं। आपको आना है। आपके समाचार-पत्र में कुछ कवरेज हो जाए तो उनका उत्साहवर्धन होगा।"

"मैं अवश्य आऊँगा।" मैंने संक्षिप्त-सा उत्तर दिया। हम-जैसे छोटे पत्रकारों के जीवन का ये ख़ुशामद ही तो हासिल है।

मुम्बई का 'काला घोड़ा फेस्टिवल' देश का सबसे प्रतिष्ठित कला उत्सव माना जाता है। इसी फेस्टिवल में श्रीमती वसुंधरा मजूमदार के लगभग तीस चित्र थे। सभी आधुनिक कला यानी एबस्ट्रैक्ट आर्ट। मुझे चित्रकला में न कोई रुचि है न इस विषय में कोई जानकारी सो मैं चित्र वीथिका से दूर, लोगों से मिलकर अपना सामाजिक दायित्व निभा रहा था।

"अरे वर्मा जी, आप वहाँ कहाँ खड़े हैं? यहाँ आइए ना।"

मजूमदार साहब ने मुझे बुलाकर अपनी पत्नी से मिलवाया।

"वसुंधरा, इनसे मिलो। *मुम्बई ख़बर* अख़बार के वरिष्ठ पत्रकार वर्मा जी।"

मेरा नाम हमेशा की तरह अख़बार के नाम के बाद लिया गया था। बात सही थी। कुछ अपवादों को छोड़कर पत्रकार की पहचान उसके अख़बार से ही तो होती है।

"बहुत अच्छी पेन्टिंग्स हैं," मैंने औपचारिकतावश बोल दिया। "क्या ये बिक्री हेतु भी हैं?" मैंने पूछा।

"जी हाँ," श्रीमती मजूमदार उत्साहित होकर बोलीं, "आप ख़रीदना चाहेंगे?"

"मैं सोचकर बताता हूँ।" श्रीमती मजूमदार को मेरा शिष्टाचार के साथ न कहना समझ आ गया था। वो आगे बढ़ गईं।

"वैसे दाम कितने हैं इनके?" मैंने पूछा। श्रीमती मजूमदार एक तिरछी मुस्कराहट के साथ पलटीं, "हर पेन्टिंग पर उसके दाम लिखे हैं।" उनके चेहरे का भाव मानो कह रहा हो, "कितने बड़े गँवार हो तुम।"

पेन्टिंग्स के दाम देखकर मैं चौंक गया। पाँच लाख से लेकर बीस लाख तक के चित्र थे वहाँ पर। एक गणेश जी की आकृति वाले विशाल चित्र पर तो पचास लाख की पर्ची चिपकी थी।

ये चित्र अच्छे थे या नहीं, मैं नहीं कह सकता पर उनकी क़ीमत लगाने में श्रीमती मजूमदार ने ज़्यादती कर दी थी। मुझे चित्रों की बिक्री पर सन्देह था।

कुछ ही देर में प्रदर्शनी में फ़िल्म कलाकार, व्यवसायी, खिलाड़ी और सोशलाइट्स का आना शुरू हुआ और धीरे-धीरे हर पेन्टिंग के नीचे 'सोल्ड' की पर्ची चिपक गई।

वाक़ई मजूमदार साहब रिश्वत नहीं लेते थे।

गुरु दक्षिणा

संध्या उत्तर प्रदेश के एक कम विकसित ज़िले जौनपुर के सरकारी स्कूल में प्रधानाचार्य थी। उसके पति अमरेन्द्र का लम्बी बीमारी के बाद निधन हो गया था। उस समय उनका इकलौता बेटा रचित मात्र बारह साल का था। तब से संध्या का स्कूल ही उसका घर हो गया था। वो अधिक-से-अधिक समय स्कूल में ही बिताती थी। तमाम सरकारी स्कूलों की प्रधानाचार्य से इतर संध्या अपने स्कूल में पढ़ाती भी थी। अपने विषय रसायन शास्त्र में उसके टक्कर का कोई भी शिक्षक पूरे प्रदेश में नहीं था। उसके पास रोज़ ही अनेक फ़ोन आते थे जिसमें उसे प्रदेश भर के निजी से लेकर कॉन्वेंट स्कूलों तक के प्रधानाचार्य का पद दोगुने वेतन पर ऑफ़र होता था लेकिन संध्या को पैसों का एकदम लालच नहीं था। वो अपनी तनख़्वाह से कुछ भी नहीं बचाती थी, उलटे अपना वेतन निर्धन छात्रों की पुस्तकों, स्टेशनरी इत्यादि पर ख़र्च कर देती थी। एक-आध बार तो किसी छात्र के नाम कटने की नौबत आने पर संध्या ने उसकी फ़ीस भी अपने पास से भर दी थी। संध्या के रिटायरमेंट में केवल दो साल बचे थे और वो इस दौरान कोई नई चुनौती नहीं लेना चाहती थी।

संध्या उस दिन की आख़िरी क्लास पढ़ाकर निकली ही थी कि उसका मोबाइल बजा। "कैसी हो अम्मा?" उधर से रचित की आवाज़ सुनाई पड़ी। बेटे की आवाज़ सुनकर संध्या प्रफुल्लित हो गई। आज रचित ने पूरे तीन महीने बाद फ़ोन किया था। "ठीक हूँ बेटा, तुम बताओ? काम्या तो ठीक है ना, अब तो सातवाँ महीना शुरू हो गया होगा? ख़याल रखते हो ना उसका?" संध्या ने पूछा। उसके इकलौते बेटे की बहू काम्या शादी के सात साल बाद पहली बार गर्भवती हुई थी। रचित और काम्या मुम्बई में रहते थे। रचित एक मल्टीनेशनल में सीनियर इंजीनियर था और काम्या मुम्बई के एक प्रतिष्ठित समाचार-पत्र में वरिष्ठ संवाददाता।

"हाँ माँ, काम्या वैसे तो ठीक है लेकिन डॉक्टर ने उसको बेड रेस्ट की सलाह दी है सो वो कल से छुट्टी लेगी।"

"डॉक्टर ने कहा है तो तुरन्त छुट्टी दिला दो उसको," संध्या ने कहा। उसे याद था कि रचित के जन्म के समय उसने तो पाँचवे महीने से ही स्कूल जाना कम कर दिया था।

"माँ, तुमसे एक बात कहनी थी, लेकिन..." रचित के स्वर में संकोच था या फिर वो कोई भूमिका बाँध रहा था, यह तो संध्या नहीं समझ पाई पर उसने वही जवाब दिया जो सामान्यत: एक माँ अपने बेटे को देती है।

"मुझसे कोई बात कहने में तुम्हें सोचने की क्या ज़रूरत पड़ गई बेटा," संध्या के स्वर से रचित थोड़ा आश्वस्त हो गया। "अम्मा, तुम तो समझती ही हो कि मेरी नौकरी में कितना प्रेशर है। सुबह साढ़े आठ निकलता हूँ और रात में लौटने का कोई टाइम नहीं है। अकसर टूर पर भी जाना पड़ता है।" संध्या रचित की माँ थी और साथ-साथ अध्यापिका भी। उसको समझ आ रहा था कि रचित क्या कहना चाह रहा है।

"काम्या की डिलिवरी कब होनी है?"

"ड्यू डेट तो 15 मार्च की है," रचित ने जवाब दिया "लेकिन चूँकि काम्या को बेड रेस्ट बोला गया है तो क्या तुम कुछ दिन पहले आ सकती हो, मतलब हफ़्ते भर में?"

"बेटा, अभी तो जनवरी भी ख़त्म नहीं हुई, फिर फ़रवरी-मार्च में बोर्ड की परीक्षाएँ होती हैं। प्रधानाचार्य होने के नाते परीक्षा सम्पन्न होने तक तो मुझे रुकना ही होगा।"

"अम्मा, काम्या की प्रेग्नेंसी थोड़ी कॉम्प्लिकेटेड है वरना मैं तुमसे नहीं कहता। यहाँ नवी मुम्बई में तो मेड भी नहीं मिलती है।"

रचित की बात सुनकर संध्या थोड़ा विचलित हो गई। "मैं समझ सकती हूँ बेटा कि तुम्हें मेरी ज़रूरत है लेकिन तुम भी तो नौकरी करते हो ना। तुम जानते ही हो कि नौकरी में कुछ प्रतिबद्धताएँ होती हैं। मैं इस स्कूल की प्रधानाचार्य हूँ और बोर्ड की परीक्षाओं में प्रधानाचार्य की भूमिका क्या होती है, ये तुम स्वयं समझ सकते हो।" संध्या के स्वर में असहाय होने का भाव था। "एक काम करो, काम्या को क्यों नहीं भेज देते यहाँ?"

"क्या अम्मा? अभी मैंने बताया ना कि काम्या की प्रेग्नेंसी में कुछ कॉम्प्लीकेशन्स हैं। कुछ गड़बड़ हो गया तो आपके जौनपुर में कोई ढंग का हॉस्पिटल तो छोड़िए, डॉक्टर भी नहीं मिलेगा।"

संध्या जानती थी रचित ठीक कह रहा है, तब भी उसको रचित का 'आपका जौनपुर' कहना अच्छा नहीं लगा। जौनपुर में ही रहकर रचित ने अपनी बारहवीं तक की पढ़ाई की थी और वहीं से आईआईटी की परीक्षा की तैयारी करके वो अच्छी रैंक से पास भी हुआ था।

"मैं तुम्हारी परेशानी समझती हूँ लेकिन तुम भी मेरी बात समझो। अमरेंद्र के न रहने पर इसी नौकरी का सहारा था मुझे। तुम्हारी पढ़ाई से लेकर अमरेन्द्र की बीमारी के दौरान लिए हुए सारे क़र्ज़ मैं इसी नौकरी में मिलने वाली तनख़्वाह से चुका पाई हूँ।" संध्या की अपने स्कूल के प्रति कृतज्ञता और सम्मान का भाव था जो आज की पीढ़ी के लिए समझ पाना मुश्किल है।

"अम्मा, नौकरी की प्रतिबद्धताएँ तभी तक होती हैं जब तक नौकरी हो। तुम्हें रिटायर होने में केवल दो साल रह गए हैं। तुम प्री-मेच्योर रिटायरमेंट भी तो ले सकती हो। तुम्हारे बेटे और बहू इतना कमाते हैं तो तुम्हें नौकरी की क्या ज़रूरत? उसके बाद पेंशन भी तो आएगी ही जो तुम्हारे अकेले के लिए काफ़ी होगी। वैसे भी तुम कौन सा ख़र्चा अपने ऊपर करती हो, सब इधर-उधर बाँट देती हो।"

रचित की बात सुनकर संध्या सोच में पड़ गई। नौकरी छोड़ने का ख़याल उसके मन में भी कई बार आया था पर वो ये सोचकर दिमाग़ झटक देती थी कि नौकरी छोड़ने के बाद वो करेगी क्या।

"नौकरी छोड़ने का निर्णय मेरे लिए बहुत मुश्किल होगा रचित।"

"देखो अम्मा, मेरे बचपन का आनन्द तो तुम अपनी नौकरी के कारण नहीं ले पाई लेकिन अब मेरे बच्चे के बचपन का आनन्द लेने का मौक़ा है तुम्हारे पास। बाकी ये निर्णय तुम्हें करना है कि तुम्हारी आवश्यकता किसको अधिक है, तुम्हारे बेटे को या तुम्हारी नौकरी को?" यह कहते-कहते रचित का गला रुँध गया था और उसने फ़ोन काट दिया।

संध्या ने अगले दिन ही अपना त्यागपत्र दे दिया।

"अपना सारा फर्नीचर बेच दीजिए अम्मा, यहाँ सिर्फ़ अपने कपड़ों की अटैची लेकर आ जाइए। मैंने और रचित ने आपके कमरे में सारी व्यवस्था कर रखी है। टीवी, एसी, ड्रेसिंग टेबल, अलमारी...सब कुछ पहले ही ले रखा है। दो साल बाद तो वैसे भी मैं और रचित आपको बुला ही लेते।" संध्या के त्यागपत्र देने की ख़बर सुनकर काम्या बहुत ख़ुश दिखाई दे रही थी।

"आपका जाना हमें अच्छा नहीं लग रहा।" संध्या से शिक्षा सचिव बोले। संध्या की कार्यकुशलता से पूरा शिक्षा विभाग अवगत था।

"मुझे भी अच्छा नहीं लग रहा है सर, पर पूरा जीवन अपनी नौकरी को देने के बाद आज परिवार को मेरी ज़रूरत पड़ गई है जिसको मैं चाहकर भी छोड़ नहीं सकती।"

"ये आपका निर्णय है संध्या जी और हम उसका सम्मान करते हैं, आपके पीएफ और पेंशन के काग़ज़ मैंने भिजवा दिए हैं। सरकारी व्यवस्था में थोड़ा समय लग सकता है," शिक्षा सचिव ने पूरे सम्मान के साथ संध्या को विदा दी।

संध्या अब एक नए गंतव्य की ओर चल दी थी। अमरेन्द्र के निधन के बाद उसकी ज़िन्दगी की ये सबसे बड़ी करवट थी। संध्या ने अपने घर का सब सामान अपने स्कूल में काम करने वाले स्टाफ़ को दे दिया बिना एक पैसा लिए और अपने कपड़े एक सूटकेस में लेकर वो वाराणसी से मुम्बई की फ़्लाइट में सवार हो गई।

"यात्रा कैसी रही अम्मा?" संध्या को लेने रचित एयरपोर्ट पर आया था।

"एकदम बढ़िया, पर मुझसे दोबारा हवाई जहाज़ की यात्रा करने को मत बोलना। हवा में कितने झटके खाते हैं ये जहाज़।" वाराणसी से मुम्बई की उड़ान में मौसम ख़राब होने की वजह से कई झटके लगे थे। और इस कारण संध्या बेहद घबड़ाई हुई थी।

"तुम्हें अब दोबारा यात्रा करने की ज़रूरत ही नहीं पड़ेगी, आराम से घर में रहो।" रचित का ये वाक्य संध्या को चुभ गया। उसे लगा कि वो किसी कारागार में प्रवेश करनेवाली है।

संध्या के आते ही पूरे घर का ज़िम्मा उसके सर पे आ गया। कार्यकुशल तो वो थी ही, साथ ही उसे गृहस्थी चलाना भी बख़ूबी आता था। उसको लगता था किचन में राशन भरपूर होना चाहिए सो उसने ख़ुद ही पास की किराना की दुकान का पता कर लिया और किचन में भरपूर राशन लाकर रख दिया। संध्या को अपने काम में किसी का हस्तक्षेप एकदम पसन्द नहीं था सो उसने सामान लाने के लिए न तो रचित से पैसे माँगे और न ही काम्या से पूछा।

काम्या का अधिकतर समय बिस्तर पर आराम करते हुए ही व्यतीत होता था तो उसकी तरफ़ से भी कोई टोका-टाकी नहीं थी।

लेकिन ये स्थिति बहुत दिन तक नहीं रह पाई। दो महीने में अरिहन्त का जन्म हो गया और काम्या ने घर में थोड़ा बहुत चलना-फिरना शुरू कर दिया था। एक

दिन काम्या नमक लेने किचन में गई तो उसे नमक अपनी जगह पर नहीं मिला। वैसे तो संध्या ने सभी मसालों के डब्बों पर नाम की पर्ची लगाकर उन्हें क़रीने से रखा था लेकिन बहुत-सी सामग्री की जगह बदल गई थी। छोटे-छोटे डिब्बों की जगह बड़े-बड़े कंटेनर्स आ गए थे। अपने किचन का बदला हुआ स्वरूप देखकर काम्या का पारा चढ़ गया।

"अम्मा, किचन को एकदम अपसेट कर दिया आपने, मैंने सारी चीज़ों को अपने हिसाब से लगाया था। आपसे किसने कहा कि इतना सामान भर दो कि ज़रूरत की चीज़ें भी आसानी से न मिलें? दूसरा, आपको क्या ज़रूरत थी मेरे लगाए हुए सामान को इधर से उधर करने की?"

संध्या को न तो काम्या के शब्द अच्छे लगे और न ही लहजा लेकिन कुछ बोलने से घर में कलह न हो ये सोचकर वो चुप रह गई।

धीरे-धीरे काम्या नियमित रूप से संध्या के ऊपर आक्षेप लगाने लगी, "आप खाने में इतना मसाला क्यों डालती हैं?" या फिर "आपके नहाने में तो पूरा पानी ही ख़त्म हो जाता है।"

संध्या को अब रचित के घर में घुटन महसूस होने लगी थी। काम्या के ताने उसके आत्मसम्मान को चोट पहुँचाने लगे थे।

एक दिन जब वो तीनों खाने के लिए बैठे तो काम्या ने देखा कि संध्या के कमरे का पंखा चल रहा है। "अम्मा, आपके कमरे से स्विच बोर्ड हटवा देते हैं। क्या फायदा उसका जब चौबीस घंटे लाइट और पंखा चलते ही रहना है?" संध्या तुरन्त भागकर अपने कमरे का पंखा बन्द करके आई—"माफ़ करना...भूल गई थी," संध्या हाँफते-हाँफते बोली। "अब इनका हाँफना शुरू हो गया, भाग के जाने की क्या ज़रूरत थी? बीमार पड़ गईं तो डॉक्टर का ख़र्चा भी हमें ही उठाना पड़ेगा ना।" संध्या को जितना बुरा काम्या का ताना नहीं लगा उससे कहीं अधिक पीड़ा उसको रचित के चुप रहने से हुई। "ठीक कह रही हो काम्या, तुम लोगों के ऊपर वैसे भी बहुत ख़र्चे हैं, उस पर मेरा बोझ और आ गया। मेरी पेंशन शुरू हो जाने दो, अपने ख़र्चे मैं स्वयं उठा लूँगी।" संध्या अपने साथ जो पैसे लाई थी वो उसने पहले ही ख़र्च कर दिए थे।

"अम्मा, काम्या का मतलब वो नहीं था। मुम्बई में बिजली बहुत महँगी है और नहीं भी हो तो भी सभी को बिजली बचानी चाहिए," रचित ने मध्यस्तता करने की कोशिश की। "वैसे तुम्हें नौकरी छोड़े तीन महीने हो गए, तुम्हारी पेंशन तो अब तक शुरू हो जानी चाहिए थी?"

"हाँ बेटा, मैं शिक्षा सचिव को फ़ोन करने ही वाली थी पर मेरे नम्बर पर बैलेंस न होने के कारण नहीं कर पाई।"

"ओहो अम्मा, रिचार्ज करवा लो ना।" रचित ने बोला तो संध्या के चेहरे पर एक लाचारी झलक उठी जिसे समझने में रचित को देर नहीं लगी, "रुको, मैं ही रिचार्ज कर दे रहा हूँ।"

मानवीय रिश्ते जितने ख़ूबसूरत दूर से दिखते हैं नज़दीक आने पर वो उतने ही कुरूप हो जाते हैं। रचित और काम्या के घर में अब संध्या का मन नहीं लग रहा था। काम्या अब कुछ देर के लिए दफ़्तर जाने लगी थी सो उतनी देर के लिए संध्या के ऊपर अरिहन्त की भी ज़िम्मेदारी आ जाती थी। काम्या को ये मालूम था कि संध्या के पास अब कोई दूसरा विकल्प नहीं है इसलिए उसके मन में संध्या के लिए जो भाव था वो कृतज्ञता का न होकर अहसान का था।

"सर, आपसे एक प्रार्थना करनी थी," फ़ोन में बैलेंस आते ही संध्या ने शिक्षा सचिव को फ़ोन लगाया। "हाँ संध्या जी, आपकी पेंशन की फ़ाइल कहीं अटकी हुई है। मैं जल्द ही कार्यवाही करवाता हूँ। तब भी दो-तीन महीने का समय लग सकता है," शिक्षा सचिव ने संध्या के फ़ोन करने के कारण का अन्दाज़ा लगाया।

"नहीं सर, मैंने फ़ोन पेंशन के लिए नहीं किया, मैं तो ये पूछ रही थी कि क्या यह सम्भव है कि मैं नौकरी फिर से ज्वाइन कर लूँ?"

शिक्षा सचिव संध्या की बात सुनकर चौंक गए, "नहीं संध्या जी, हमारी नियमावली तो इसकी इजाज़त नहीं देती लेकिन हमारा विभाग आपकी कार्यकुशलता से भलीभाँति परिचित है तो मैं आपके नाम का अनुमोदन ज़िला शिक्षा अधिकारी के पद के लिए कर देता हूँ। प्रदेश के किसी-न-किसी ज़िले में वैकेंसी निकल ही आएगी।"

शिक्षा सचिव की बात सुनकर संध्या प्रसन्न हो गई हालाँकि उसे मालूम था कि वो रचित के घर से इतनी आसानी से निकल नहीं पाएगी, ख़ास तौर से तब, जब अरिहन्त बहुत छोटा था।

अगले दिन रचित को दो दिन के दौरे पर बाहर जाना था। काम्या रात के खाने के बाद अपने कमरे में अरिहन्त को फीड करा रही थी। रचित को अकेला देखकर संध्या ने रचित का मन जानने के आशय से कहा, "रचित, मुझे जौनपुर की बहुत याद आती है। सोच रही हूँ वापस चली जाऊँ।"

“मज़ाक़ है क्या अम्मा? सब छोड़-छाड़ के इसलिए आई थीं कि वापस जाना है!” रचित थोड़ा झाँककर बोला, “फिर अब तो तुम्हारी नौकरी भी नहीं है। पेंशन कब शुरू होगी मालूम नहीं तो जौनपुर में किसके ख़र्चे पर रहोगी, किसी से उधार लोगी क्या?”

“नहीं बेटा, ट्यूशन पढ़ाकर अपने ख़र्चे भर का कमा लूँगी।”

“अरे वाह, ये तो बहुत अच्छा आइडिया है! ट्यूशन ही पढ़ाना है तो मुम्बई क्या बुरा है? यहाँ जौनपुर की तिगुनी फ़ीस ले सकती हो अम्मा। इसी अपार्टमेन्ट में तुम्हें बहुत-से बच्चे मिल जाएँगे। बताना मुझे, कब से शुरू करना है?” रचित ने संध्या का दाँव उसके ऊपर ही फेंक दिया।

“यहाँ से वापस जाने का विचार अपने मस्तिष्क से निकाल दो अम्मा। थोड़ा-सा काम्या के साथ एडजस्ट कर लो, तुम्हारे मन की शान्ति के लिए अच्छा रहेगा।”

संध्या को अनायास ही रचित का वो वाक्य याद आ गया जो उसने एयरपोर्ट पर बोला था, “तुम को अब दोबारा यात्रा करने की ज़रूरत ही नहीं पड़ेगी।”

संध्या अब एक क़ैदी की तरह महसूस कर रही थी। इसी ऊहापोह में कब उसको नींद लग गई पता ही नहीं चला।

“संध्या जी, मेरी मुख्य सचिव से बात हो गई है।” संध्या नाश्ता बना रही थी तभी शिक्षा सचिव का फ़ोन आया, “आपको कल ही लखनऊ आना होगा उनसे मिलने, उसके तुरन्त बाद ही आपकी प्रयागराज की ज़िला शिक्षा अधिकारी के रूप में नियुक्ति हो जाएगी।”

संध्या की दिल की धड़कन बढ़ गई।

“सर, कल ही?”

“हाँ, कल ही। बड़ी मुश्किल से पकड़ में आते हैं प्रमुख सचिव।”

“अम्मा...” काम्या की आवाज़ सुनकर संध्या ने फ़ोन काट दिया। “मुझे ऑफ़िस जाने में लेट हो गया है, मैं नहाने जा रही हूँ। तब तक आप पास के एटीएम से दस हज़ार रुपए निकाल लाइए। अरिहन्त को भी प्राम में घुमा लाइए।” काम्या ने अपना कार्ड संध्या को देते हुए कहा। संध्या अकसर उसके कार्ड से पैसे निकालकर लाती थी सो उसे पिन नम्बर पता ही था।

संध्या जब लौटकर आई तो बहुत घबड़ाई हुई थी। “काम्या...काम्या...जल्दी आओ! बड़ी गड़बड़ हो गई है।” काम्या हड़बड़ाकर तौलिया पहनकर ही बाहर आ गई। “क्या हुआ? अरिहन्त तो ठीक है ना?”

"हाँ, अरिहन्त बिलकुल ठीक है लेकिन..."

"लेकिन क्या अम्मा?" काम्या अरिहन्त को गोद में उठाते हुए बोली।

"मैं रुपए निकालकर जैसे ही बाहर आई, एक बदमाश मेरा पर्स छीनकर भाग गया," कहकर संध्या रोने लगी।

"कितनी लापरवाही करती हैं अम्मा? ऐसे कैसे दिन-दहाड़े कोई पर्स छीन लेगा?" काम्या झल्ला गई थी। "आपको शोर मचाना चाहिए था, उसके पीछे भागना चाहिए था।"

"मैंने शोर मचाया था पर वहाँ एकदम सन्नाटा था और अरिहन्त को छोड़कर मैं उसके पीछे भागती भी तो कैसे?"

"हमें पुलिस स्टेशन जाना पड़ेगा," काम्या बोली, "मैं ऑफ़िस से आधे दिन की छुट्टी ले लेती हूँ।"

"बिलकुल, अभी चलो," संध्या ने उत्तर दिया

"जी, मैं आपकी क्या सेवा कर सकता हूँ?" पुलिस इंस्पेक्टर ने पूछा।

"इनको पूरा वाक़या बताइए, बैठे-बिठाये नुक़सान करा दिया इंस्पेक्टर साहब इनकी लापरवाही ने। ये तो गनीमत हुई आज मैंने दस हज़ार ही निकलवाए, पिछले हफ़्ते तो आप बीस हज़ार निकालकर लाई थीं।" काम्या ने संध्या से कहा।

पुलिस इंस्पेक्टर न जाने क्यों संध्या को घूरे जा रहा था। उसकी नज़र संध्या को असहज कर रही थी।

"आपका नाम?" इंस्पेक्टर ने संध्या से पूछा।

"जी, संध्या..."

"संध्या अग्रवाल।" संध्या जब तक अपना उपनाम बोलती, इंस्पेक्टर ने उसे पूरा कर दिया।

"और आप जौनपुर के सरकारी स्कूल की प्रधानाचार्य रह चुकी हैं...।" यह कहकर इंस्पेक्टर ने उठकर संध्या के चरण स्पर्श कर लिए।

"मैं देवराज शुक्ल हूँ मैम। आपने न सिर्फ़ मुझे पढ़ाया है बल्कि जिस साल मेरे पिता के देहान्त हुआ था उस साल मेरी फ़ीस भी भरी है। मैं इतनी देर से आपको पहचानने की कोशिश कर रहा था।"

संध्या मुस्करा दी। उसे अब समझ में आया कि ये इंस्पेक्टर उसे घूर क्यों रहा था! घबराहट के उस क्षण में संध्या को देवराज के मिलने से बहुत हौसला मिल गया था।

"हमारे अपार्टमेंट से निकलकर लगभग दो सौ मीटर की दूरी पर जो एटीएम है, मैंने वहाँ से मैंने दो-दो हज़ार के पाँच नोट निकाले। पैसे निकालकर ज़रा दूर ही चली थी कि एक आदमी पीछे से दौड़ता हुआ आया और मेरे हाथ से पर्स छीनकर भाग गया।" संध्या ने पूरी हिम्मत के साथ पूरी घटना का वर्णन कर दिया।

"क्या आप उसकी शक्ल देख पाई थीं?" इंस्पेक्टर देवराज ने पूछा।

"नहीं, वो पीछे से आया था," संध्या ने जवाब दिया

"आजकल ऐसे बहुत से बदमाश इस इलाके में सक्रिय हैं, हम लोग पूरी कोशिश करेंगे कि बदमाश पकड़ा जाए," इंस्पेक्टर ने संध्या को ढाढ़स बँधाते हुए कहा।

"मुम्बई पुलिस ने आज तक किसी को पकड़ा है जो आप पकड़ लेंगे?" काम्या ने इस बार पुलिसवालों पर ताना मारा। "हमारी मेहनत की कमाई के दस हज़ार डुबो दिए इन्होंने।"

संध्या बहुत देर से काम्या के ताने सुन रही थी। "काम्या, ये दस हज़ार मुझ पर उधार रहे। अपनी पहली पेंशन से ही चुक़ा दूँगी।" ये कहकर संध्या उठ खड़ी हुई और चल दी। इंस्पेक्टर देवराज से भी अपनी प्रिंसिपल की उसकी बहू द्वारा बेइज़्ज़ती देखी नहीं जा रही थी पर उसे मालूम था कि पुलिसवालों को घरेलू झगड़ों में हस्तक्षेप करने की इजाज़त नहीं है।

संध्या घर में आकर चुपचाप ही रही। उसकी न तो काम्या से बात करने की इच्छा थी न ही कोई काम करने की। रात में लगभग दस बजे किसी ने घंटी बजाई। काम्या तब अरिहन्त के साथ अपने कमरे में ही थी। संध्या ने दरवाज़ा खोला तो सामने इंस्पेक्टर देवराज थे, साथ में दो कांस्टेबल जिन्होंने एक बदमाश को पकड़ा हुआ था।

शोर सुनकर काम्या भी बाहर आ गई, "क्या हुआ इंस्पेक्टर?" इतने सारे लोगों को देखकर वो चौंक गई।

"कुछ नहीं मैम, इस बार मुम्बई पुलिस ने आपको ग़लत साबित कर दिया। इस बदमाश ने ही मैम का पर्स छीना। पर्स तो इसने कहीं फेंक दिया, पर पैसे हमने बरामद कर लिए।" यह कहकर इंस्पेक्टर देवराज ने संध्या को दो-दो हज़ार के पाँच नोट लौटा दिए। संध्या ने तुरन्त वो पैसे काम्या को सौंप दिए।

काम्या और संध्या दोनों ही इस घटना से हतप्रभ थे। इंस्पेक्टर देवराज ने एक बार फिर संध्या के पैर छुए और अपना कार्ड देते हुए बोला, "भगवान न करे आपको कभी मेरी ज़रूरत पड़े, फिर भी कभी संकोच मत करिएगा मैम।"

संध्या ने अपने कमरे में पहुँचते ही इंस्पेक्टर देवराज को मैसेज लिखा, "आज तुमने अपनी गुरु दक्षिणा चुका दी। मुझे मालूम है कि जो दस हज़ार रुपए तुमने मुझे लौटाए वो तुमने अपने पास से दिए हैं लेकिन जो भी हो तुमने मेरी बहू के सामने मेरा आत्मसम्मान लौटा दिया।"

संध्या का सन्देश पढ़कर इंस्पेक्टर देवराज को आश्चर्य हुआ कि यह बात संध्या को कैसे पता चल गई कि उसने सही में संध्या के नुक़सान की भरपाई अपने पास से की थी? "अबे टीचर है तेरी, तुझको अच्छे से जानती है," देवराज ने ख़ुद को समझाया और सो गया।

अगले दिन तड़के ही काम्या और अरिहन्त को सोता छोड़कर संध्या एयरपोर्ट आ गई। उसने अपने बैग की अन्दरवाली पॉकेट से दो-दो हज़ार के पाँच नोट निकाले और काउन्टर पर बोला, "लखनऊ की सात बजेवाली फ़्लाइट का एक टिकट।"

फूल तोड़ना मना है

डॉ. समीउल्लाह पर्यावरण प्रेमी पहले थे और प्रोफ़ेसर बाद में। बनारस हिन्दू विश्वविद्यालय से बॉटनी में एम.एससी. करने के बाद उन्हें जवाहर लाल नेहरू विश्वविद्यालय में रिसर्च फेलोशिप मिल गई थी। डॉक्टरेट करने के बाद वो जे.एन.यू. में ही प्रोफ़ेसर नियुक्त हो गए। पर्यावरण पर डॉ. समीउल्लाह की पकड़ कमाल की थी। देश-विदेश की संस्थाओं और सरकारों द्वारा उन्हें व्याख्यान देने के लिए बुलाया जाता था। दुनिया भर के कम-से-कम तीस विश्वविद्यालयों में उनकी लिखी हुई पुस्तकें पढ़ाई जाती थीं।

पेड़-पौधों से उनका प्रेम दीवानगी की हद पार कर जाता था। एक दिन उनके निवास स्थान पर कुछ छात्र उनसे मिलने गए। डॉ. समीउल्लाह की पत्नी रेहाना ने उन सबको घर के ड्राइंग रूम में बिठाया, "आप लोग बैठिए, मैं पानी लेकर आती हूँ, आपके प्रोफ़ेसर साहब थोड़े व्यस्त हैं, अभी आते ही होंगे।" रेहाना जी एक रहस्य मुस्कान के साथ बोलीं।

"तुमको कल ठंड लग गई क्या?" छात्रों को प्रोफ़ेसर साहब की आवाज़ सुनाई पड़ी जो सम्भवत: घर के पीछे स्थित बग़ीचे से आ रही थी।

"नहीं कैसे, झूठ तो मत बोलो मुझसे।" डॉ. समीउल्लाह की आवाज़ से लगा वो किसी को झिड़क रहे हैं।

"फ़ोन पर हड़का रहे होंगे अपने दोनों बेटों में से एक को," छात्रों ने क़यास लगाया। "प्रोफ़ेसर साहब किसी को हड़का भी सकते हैं, मुझे तो नहीं लगता," दूसरा छात्र पहले की बात काटते हुए बोला।

"और तुम, तुम तो बहुत ज़िद्दी होते जा रहे हो," प्रोफ़ेसर साहब अब किसी और से मुख़ातिब थे, "बहुत उचक रहे हो आजकल, लगता है काटना पड़ेगा, थोड़ा दर्द तो होगा पर बर्दाश्त करना पड़ेगा।" अपने प्रोफ़ेसर के मुँह से ये वाक्य सुनकर

छात्र चौंक गए और एक-दूसरे की शक्ल देखने लगे। उन्होंने प्रोफ़ेसर समीउल्लाह को कभी भी इस तरह की भाषा का प्रयोग करते हुए नहीं सुना था। तभी रेहाना जी पानी लेकर आईं। छात्रों की घबड़ाई हुई मुद्रा देखकर वो हँसने लगीं और चुपचाप छात्रों को बग़ीचे में ले गईं। वहाँ अजब नज़ारा था! डॉ. समीउल्लाह किसी व्यक्ति से नहीं बल्कि पेड़-पौधों से बातें कर रहे थे। अपने छात्रों को देखकर वो बिलकुल भी सकपकाए नहीं बल्कि बोले, "ये ऊपरवाले का करम है कि उसने मुझे ये शिफ़ा दी है कि मैं इनकी खामोशियों की ज़ुबान समझ लेता हूँ और ये भी मेरी बात सुनते हैं। बॉटनी पढ़ने का असली मज़ा तब है जब इन पेड़-पौधों को भी अपनी तरह से इनसान समझा जाए।"

एक दिन उनके केबिन में उन्हीं के विभाग के प्रोफ़ेसर देवब्रत मिश्रा आए। "समीउल्लाह साहब, अपने घर में सत्यनारायण की कथा करवा रहा हूँ। सभी को न्योता दिया है। हालाँकि आप आएँगे नहीं फिर भी बुलाए लेता हूँ।" देवब्रत मिश्रा ने ये बात शायद डॉ. समीउल्लाह के धर्म को मद्‌देनज़र रखते हुए कही थी।

"ये आपने कैसे सोच लिया कि मैं नहीं आऊँगा? काशी में बचपन गुज़रा है साहब जहाँ हर गली, नुक्कड़ पर मन्दिर देखे हैं। मेरी आस्था इस्लाम में है लेकिन श्रद्धा मैं हर धर्म के प्रति रखता हूँ।" डॉ. समीउल्लाह ने देवब्रत मिश्रा को नि:शब्द कर दिया था।

अगले दिन नियत समय पर डॉ. समीउल्लाह नहा-धोकर प्रोफ़ेसर देवब्रत के घर पहुँच गए और उन्होंने पूरी श्रद्धा से कथा सुनी। कथावाचक एक नौजवान पंडित थे जो कि बहुत स्पष्ट और बुलन्द आवाज़ में कथा सुना रहे थे। कथा के बाद विधिवत रूप से हवन हुआ और उसके पश्चात् पंडितजी ने सभी को फूल देकर शालिग्राम जी पर चढ़ाने को कहा। आम तौर पर ऐसे में लोग अपने स्थान पर बैठे-बैठे ही पूजा की चौकी की ओर फूल उछाल देते हैं और प्रोफ़ेसर देवब्रत के यहाँ भी ऐसा ही हुआ। ज़ाहिर सी बात है कि सभी फूल पूजा की चौकी तक नहीं पहुँचते हैं और उनमें से कुछ इधर-उधर गिर जाते हैं। इसी प्रक्रिया में दो-चार फूल हवन कुंड में गिर गए। यह देखकर डॉ. समीउल्लाह तुरन्त उठे और उन्होंने अपने हाथों के जलने की परवाह न करते हुए फूलों को जलने से बचा लिया। डॉ. समीउल्लाह की इस हरकत से प्रोफ़ेसर देवब्रत, कथा सुनने आए सभी लोग, और तो और पंडितजी भी चौंक गए।

"फूल ईश्वर का उपहार हैं, इनको जलना नहीं चाहिए," डॉ. समीउल्लाह विनम्रतापूर्वक बोले, "उम्मीद करता हूँ कि मैंने आप लोगों की पूजा में कोई व्यवधान नहीं डाला होगा।"

"आपने एकदम ठीक किया, ये बात तो मुझे बोलनी चाहिए थी जो आपने कह दी," पंडितजी झेंपते हुए बोले, "फूलों को कभी भी जलना नहीं चाहिए।"

डॉ. समीउल्लाह का फूलों से विशेष लगाव था और उनका मानना था कि जीवित इनसान को फूल माला पहनाना तो फूलों का अपमान है। उन्होंने अपने विभाग के होनेवाले कार्यक्रमों में मेहमानों को पुष्प गुच्छ देने की परम्परा को समाप्त कर दिया था। डॉ. समीउल्लाह के केबिन में माखन लाल चतुर्वेदी की कविता 'पुष्प की अभिलाषा' एक बड़े-से फ्रेम में जड़ित होकर टँगी हुई थी। कुल मिलाकर समीउल्लाह साहब जितने ज्ञानी थे, उतने ही सनकी भी लेकिन उनकी सनक में एक इनसानियत थी जो आज के ज़माने में बिरले ही देखने को मिलती है और इन्हीं कारणों से वो अपने विभाग के ही नहीं बल्कि पूरे विश्वविद्यालय के सबसे सम्मानित प्रोफ़ेसर थे। सरल, मृदुभाषी और बेहद साधारण जीवन शैली रखनेवाले डॉ. समीउल्लाह को शायद ख़ुद ही ये पता नहीं था कि समाज में उनकी लोकप्रियता क़ितनी है।

एक दिन डॉ. समीउल्लाह जब क्लास को पढ़ाकर निकले तो उन्होंने देखा कि उनके फ़ोन पर एक अनजान नम्बर से कई मिस्ड कॉल्स थे। डॉ. समीउल्लाह अपने क्लास के दौरान आए प्रत्येक कॉल का जवाब अवश्य देते थे। उन्होंने तुरन्त उस नम्बर पर कॉल किया जिससे उन्हें कई कॉल्स आए थे।

उधर से फ़ोन उठते ही वो बोले, "जे.एन.यू. से डॉ. समीउल्लाह बोल रहा हूँ। क्षमा कीजिएगा, क्लास में व्यस्त होने के कारण आपका कॉल नहीं ले सका।"

"कोई बात नहीं," उधर से आवाज़ आई, "मैं प्रधानमंत्री कार्यालय से बोल रहा हूँ। प्रधानमंत्री जी आपसे बात करना चाहते हैं। मैं आपको कनेक्ट करता हूँ।"

"जी ज़रूर।" डॉ. समीउल्लाह अपनी कौतूहलता को छुपाते हुए बोले। आख़िर भारत का प्रधानमंत्री उनसे क्या बात करना चाहता है? जितनी देर में उनकी कॉल प्रधानमंत्री से कनेक्ट होती उतनी देर में डॉ. समीउल्लाह ने हर सम्भावना पर विचार किया, तभी लाइन पर प्रधानमंत्री आ गए।

"नमस्कार डॉ. समीउल्लाह साहब। मैं आपका बहुत बड़ा फ़ैन हूँ। आपके आर्टिकल्स पढ़ता रहता हूँ—पर्यावरण पर आपके चिन्तन-मनन से बहुत प्रभावित भी होता हूँ।"

"आपका बड़प्पन है सर," डॉ. समीउल्लाह अपनी प्रशंसा सुनकर किंकर्तव्य-विमूढ़ हो जाते थे।

"आपसे थोड़ी मदद चाहिए, मना मत करिएगा।" प्रधानमंत्री प्रार्थना के स्वर में बोले। डॉ. समीउल्लाह की वाणी की मिठास सामनेवाले के स्वर में भी घुलने लगती थी।

"हुक्म करें सर," डॉ. समीउल्लाह बोले।

"दो दिन बाद मंत्रिमंडल का विस्तार होने जा रहा है और पर्यावरण मंत्रालय के लिए आपसे बेहतर व्यक्ति मेरी नज़र में नहीं है।"

"अरे नहीं सर! मैं तो एक अदना-सा प्रोफ़ेसर हूँ, इतने बड़े पद के लायक़ नहीं हूँ।" डॉ. समीउल्लाह सपने में भी नहीं सोच सकते थे कि प्रधानमंत्री उन्हें इस आशय से फ़ोन करेंगे।

"मैं आदमी को पहचानने में कभी भी ग़लती नहीं करता। आप मेरी इस क़ाबिलीयत पर शक़ मत करिए," प्रधानमंत्री हँसते हुए बोले।

डॉ. समीउल्लाह के पास अब कोई विकल्प नहीं बचा था। दो दिन बाद डॉ. समीउल्लाह ने देश के कैबिनेट मंत्री के रूप में शपथं ले ली।

आम तौर पर सरकार के हर कदम की आलोचना करनेवाले मीडिया ने भी सरकार के इस निर्णय की सराहना की। विशेषज्ञों को उनके क्षेत्र से सम्बन्धित मंत्रिमंडल मिलने से कार्यशैली में सुधार अवश्यम्भावी था और वही हुआ भी। डॉ. समीउल्लाह ने वैज्ञानिक सोच के साथ पर्यावरण में सुधार लानेवाले निर्णय लेने शुरू किए। उन्होंने सम्बन्धित मंत्रालयों जैसे खनन, पशुपालन और स्वास्थ्य मंत्रालयों के साथ कई साझा कार्यक्रम बनाए और उनकी पहल का असर कुछ ही दिनों में ही दिखने लगा।

काशी डॉ. समीउल्लाह का जन्म स्थान था और जितना डॉ. समीउल्लाह काशी को अपना मानते थे उससे अधिक काशी डॉ. समीउल्लाह को अपना समझता था। पर्यावरण मंत्री बनने के तुरन्त बाद ही बनारस हिन्दू विश्वविद्यालय के कुलपति ने डॉ. समीउल्लाह को न्योता दे दिया था, "आप हमारे भी गौरव हैं डॉ. साहब। बी.एच.यू. का आप पर जे.एन.यू. से अधिक हक़ है। हमें आपको सम्मानित करने का मौक़ा मिलना ही चाहिए।"

बनारस हिन्दू विश्वविद्यालय के कुलपति के प्यार भरे इसरार को समीउल्लाह साहब टाल नहीं पाए। उनके मन में बनारस जाकर अपनों से मिलने की प्रबल इच्छा तो थी ही।

"मैं सोमवार को पहुँचता हूँ बनारस।" डॉ. समीउल्लाह ने अपनी स्वीकृति दे दी और अपने ख़र्चे पर अपनी पत्नी रेहाना का टिकट भी बुक करा दिया। काशी

में रेहाना जी का मायका भी था। डॉ. समीउल्लाह की व्यस्तता के कारण वो बहुत समय से मायके नहीं गई थीं सो डॉ. समीउल्लाह के लिए ये अच्छा मौक़ा था पत्नी को ख़ुश करने का।

काशी के एयरपोर्ट पर डॉ. समीउल्लाह के भव्य स्वागत की तैयारी थी। बैंड बाजा और ढोलवाले सुबह से ही पहुँच गए थे। उनके कटआउट और तस्वीर वाले बैनर पूरे हवाई अड्डे पर लगे हुए थे। सत्तारूढ़ पार्टी के लोकल कार्यकर्ता भी बहती गंगा में हाथ धोने चले आए थे। मीडियाकर्मियों की फ़ौज भी अपने कैमरामैन के साथ जुटी हुई थी।

डॉ. समीउल्लाह का प्रसिद्धि और ख्याति से ये पहला साक्षात्कार था। इतने भव्य स्वागत की तो उन्होंने कभी कल्पना नहीं की थी। संकोची स्वभाव के डॉ. समीउल्लाह इतना सब देखकर थोड़ा घबड़ा गए थे। "इब्तिदा-ए-इश्क है, रोता है क्या, आगे-आगे देखिए होता है क्या," रेहाना जी ने अपने पति से शेर की मार्फ़त चुटकी ली। गम्भीर स्वभाव के डॉ. समीउल्लाह के चेहरे पर बीच-बीच में मुस्कराहट लाने का काम रेहाना जी लगातार करती रहती थीं।

तभी डॉ. समीउल्लाह ने देखा कि एयरपोर्ट के आगमन गेट के बाहर बहुत-से छोटे-छोटे बच्चे उनका स्वागत करने को आतुर हैं। ये बच्चे यूँ तो स्कूल यूनिफ़ॉर्म में थे लेकिन यूनिफ़ॉर्म का साइज़ और बच्चों की असहजता देखकर यह साफ़ लग रहा था कि यूनिफ़ॉर्म उन्हें ज़बर्दस्ती पहनाई गई है। डॉ. समीउल्लाह को देखते ही उन बच्चों के साथ आए सज्जन ने बच्चों को इशारा किया और बच्चे अपनी तोतली आवाज़ में ज़ोर-ज़ोर से नारा लगाने लगे—"काशी का सपूत है, पर्यावरण का दूत है।"

डॉ. समीउल्लाह को इस तरह के महिमामंडन की न तो आदत थी और न ही ये सब उनके उसूलों पर खरा उतरता था फिर भी समीउल्लाह आयोजकों का मन रखने के लिए मुस्कराते हुए सभी कुछ बर्दाश्त कर रहे थे लेकिन उनके सब्र का बाँध तब टूट गया जब ये स्कूली बच्चे उनकी तरफ़ माला पहनाने के लिए बढ़े।

बच्चों के हाथ में फूलमाला देखकर डॉ. समीउल्लाह की पत्नी रेहाना जी मुस्कराईं। उन्हें फूलों के प्रति डॉ. समीउल्लाह के भाव मालूम थे लेकिन इस स्थिति से उनके पति कैसे निपटेंगे, ये वो देखना चाहती थीं। "मुझे यह माला मत पहनाओ," डॉ. समीउल्लाह बच्चों से बोले।

बच्चों पर डॉ. समीउल्लाह की बात का कोई असर नहीं हुआ और वो आगे बढ़ते गए। अब डॉ. समीउल्लाह ने हाथ जोड़ लिए, "बच्चो, मैं माला नहीं पहनता।"

इतनी देर में बच्चों ने उन्हें घेर लिया। समीउल्लाह साहब वहाँ से हटकर थोड़ा तेज़ चलने लगे लेकिन ये बच्चे भी कहाँ माननेवाले थे! वो भी तेज़ी में आ गए। काशी एयरपोर्ट पर उपस्थित लोगों को अजीब दृश्य देखने को मिल रहा था। आगे-आगे देश के कैबिनेट मिनिस्टर और उनके पीछे हाथ में फूलमालाएँ लिए बहुत-से बच्चे। ये कवायद लगभग पाँच मिनट तक चलती रही। भागते-भागते डॉ. समीउल्लाह अपने सुरक्षा घेरे से दूर निकल आए थे।

"तुम लोगों को बात समझ में क्यों नहीं आ रही?" डॉ. समीउल्लाह शायद ही कभी नाराज़ होते थे लेकिन इन बच्चों पर अब उन्हें ग़ुस्सा आने लगा था। वो थोड़ा झीककर बोले, "अजीब मुसीबत है, कह दिया ना कि मैं माला नहीं पहनता।" बच्चे डाँट खाकर थोड़ा सकते में आ गए। तभी एक बच्चे ने उन्हें झुकने का इशारा किया। डॉ. समीउल्लाह जैसे ही थोड़ा झुके, उस बच्चे ने उनके कान में कुछ फुसफुसाया और उसके बाद जो हुआ उसको देखकर रेहाना जी चौंक गईं। समीउल्लाह ज़मीन पर बैठ गए थे और सभी बच्चे बारी-बारी से उन्हें माला पहना रहे थे। गुलाब और गेंदों से लदे डॉ. समीउल्लाह के फ़ोटो भी ख़ूब खींची गए। डॉ. समीउल्लाह की पत्नी रेहाना आश्चर्यचकित थीं। उनके लिए ये बड़ी बात थी कि आज उनके पति ने अपने जीवन का एक उसूल तोड़ा है।

थोड़ी देर में ही डॉ. समीउल्लाह और रेहाना जी बनारस हिन्दू विश्वविद्यालय के गेस्ट हाउस पहुँच गए। "सम्मान समारोह शुरू होने में अभी एक घंटा है। आप लोग तब तक तैयार हो जाइए। मैं बाहर ही हूँ।" कुलपति के ड्राइवर ने सामान रखते हुए कहा।

"आज आपने अपने उसूल तोड़कर माला पहन ही ली," ड्राइवर के जाते ही रेहाना जी बोलीं। वो कब से एकान्त मिलने का इन्तज़ार कर रही थीं। "राजनीति जो न करवाए।"

"हाँ राजनीति जो न करवाए। मैं क़तई माला नहीं पहनता अगर उस लड़के ने मेरे कान में ये शब्द न बोले होते..." डॉ. समीउल्लाह की आँखें थोड़ी-सी भर आई थीं।

"क्या बोला था उसने?" रेहाना जी अपने पति की आँखों में हुई हलचल से अनभिज्ञ थीं।

"'अंकल, किसी को बोलिएगा मत, पर हमसे कहा गया था कि आपको माला पहनाने पर हमको दस रुपया और साथ में एक केला और शरबत मिलेगा। आप अगर माला नहीं पहनेंगे तो हमें कुछ नहीं मिलेगा। हम लोग सुबह से भूखे-प्यासे इसी उम्मीद में खड़े हैं...' अब तुम ही बताओ रेहाना मैं क्या करता?"

रेहाना जी ने अपने पति को बरसों से गले नहीं लगाया था लेकिन आज वो अपने आप को रोक नहीं पाईं।

चोरों की बरात

अविनाश मेहरा की बेटी अन्विता की शादी को एक हफ़्ता रह गया था। दो दिन बाद ही मेहमानों का आना शुरू होना था। सबसे पहली मेहमान थीं अन्विता की बुआ जी जो शादी के लिए अमरीका से आ रही थी।

"ज़रा इवेंट वाले का नम्बर दीजिए, उसको रिमाइंड करना है कि सारे होटल्स और गाड़ियों की बुकिंग कन्फ़र्म कर ले," श्रीमती देविना मेहरा अपने पति से बोलीं।

"अरे भाई, दिल्ली के सबसे अच्छे वेडिंग प्लानर को कॉन्ट्रैक्ट इसलिए थोड़ी दिया है कि उनको रोज़-रोज़ याद दिलाया जाए। उनको लाखों का भुगतान इसीलिए किया है कि हमें इन बातों का सिरदर्द न लेना पड़े?" अविनाश ने अख़बार को टेबल पर रखते हुए अपनी पत्नी को समझाया। "तुम बस अन्विता से पूछ लो, उसको तो कुछ और नहीं चाहिए?" यह कहकर अविनाश मेहरा नहाने चले गए।

अविनाश मेहरा एक वरिष्ठ आई.ए.एस. अधिकारी थे जो दिल्ली सरकार में हाउसिंग बोर्ड के उपाध्यक्ष के रूप में कार्यरत थे। अन्विता उनकी इकलौती संतान थी।

अन्विता की शादी दिल्ली के ही एक प्रमुख बिल्डर गौरव मेहरोत्रा के बेटे चित्रांश से हो रही थी। हालाँकि अन्विता और चित्रांश ने एक-दूसरे को ख़ुद ही पसन्द किया था लेकिन अविनाश मेहरा और गौरव मेहरोत्रा भी एक-दूसरे को बहुत अच्छी तरह से जानते थे। अविनाश के हाउसिंग बोर्ड के उपाध्यक्ष बनने के बाद से उनकी और गौरव मेहरोत्रा की गहरी दोस्ती हो गई थी। दोनों परिवारों का एक-दूसरे के यहाँ काफ़ी आना-जाना भी था और इसी दौरान अन्विता और चित्रांश में दोस्ती हो गई जो बाद में प्रेम सम्बन्ध में परिवर्तित हो गई। हालाँकि श्रीमती मेहरा थोड़े पुराने ख़यालात की थीं और लव मैरिज की पक्षधर नहीं थीं लेकिन उन्हें इस रिश्ते को स्वीकार करने में कोई हिचक नहीं हुई। एक तो गौरव मेहरोत्रा उनकी

अपनी जाति के ही थे और दूसरा, दिल्ली के सबसे बड़े बिल्डर 'चित्रांश होम्स' के भावी मालिक को अपना दामाद स्वीकार करने में किसी को क्या आपत्ति होती?

यदि आपके पास पैसा है तो आजकल की शादियाँ बड़ी आसान हैं, 'पैसा फेंको, तमाशा देखो' यानी हर काम ठेके पर उठ जाता है। अविनाश मेहरा तो आई.ए.एस. थे तो पैसे के साथ-साथ उनका रसूख़ भी था। बरात को ठहराने के लिए एक पाँच सितारा होटल बुक हुआ था तो घरवालों के लिए दूसरा। शादी के लिए उन्होंने महरौली के पास एक शानदार फ़ार्महाउस बुक किया था। दिल्ली के पंडारा रोड स्थित उनके बंगले में भी कई सारे कार्यक्रम जैसे संगीत, मेहँदी इत्यादि होने थे।

अविनाश मेहरा की गेस्ट लिस्ट में कई महत्त्वपूर्ण नाम थे। केन्द्रीय सरकार के मंत्री, दिल्ली क्रिकेट बोर्ड के अध्यक्ष, कुछ प्रमुख खिलाड़ी, लेखक, रंगकर्मी के अलावा दिल्ली के एल.जी. और मुख्यमंत्री भी शादी में सम्मिलित होनेवाले थे।

बेटी की शादी में माँ-बाप की स्थिति बड़ी विचित्र होती है। घर में उत्सव जैसा माहौल बना होता है जबकि बेटी की विदाई की घड़ी नज़दीक आते देख मन भारी भी होने लगता है। अविनाश मेहरा और उनकी पत्नी देविना जी भी इसी भाव से गुज़र रही थी, हालाँकि उनको इस बात का सन्तोष था कि शादी के बाद भी अन्विता दिल्ली में ही रहेगी।

"देविना, नाश्ता लगवा दो मैं दस मिनट में निकलूँगा," वॉशरूम से निकलते हुए अविनाश ने अपनी पत्नी से कहा। तमाम नौकरों के होने के बावजूद अविनाश मेहरा को खाना अपनी पत्नी के हाथ का ही अच्छा लगता था।

"जी आप आइए, नाश्ता रेडी है," देविना जी अपने पति के टाइम टेबल से भलीभाँति परिचित थीं। अविनाश मेहरा का एक-एक मिनट नपा-तुला होता था। वो ठीक साढ़े आठ बजे वॉशरूम में घुसते थे और घड़ी देखकर नौ बजे नाश्ता करने बैठ जाते थे। नाश्ते या खाने के वक़्त वो आम तौर पर किसी का फ़ोन नहीं उठाते थे। इस दौरान उनका फ़ोन उनके निजी सचिव के पास रहता था। अविनाश मेहरा के सहकर्मी भी उन्हें उस समय फ़ोन नहीं करते थे। अविनाश मेहरा ने नाश्ता शुरू ही किया था कि उनका निजी सचिव हड़बड़ाया हुआ आया और बोला, "सर माफ़ कीजिएगा, आपको डिस्टर्ब कर रहा हूँ। मुख्यमंत्री कार्यालय से फ़ोन है... क्या आप बात करेंगे?"

और किसी का फ़ोन होता तो अविनाश मेहरा निश्चित टाल जाते लेकिन मुख्यमंत्री के फ़ोन पर उन्हें अपना नियम तोड़ना पड़ा।

"अविनाश मेहरा," वे बोले। नाश्ता करते-करते बात सुचारु रूप से हो सके ये सोचकर उन्होंने फ़ोन स्पीकर पर कर दिया था।

"सर, मैं मुख्यमंत्री कार्यालय से से देवधर बोल रहा हूँ, मुख्यमंत्री जी आपसे बात करेंगे।"

"अविनाश जी, मैं ग्यारह बजे की फ़्लाइट से कोच्चि जा रहा हूँ चार-पाँच दिन के लिए, अपने आयुर्वेदिक उपचार के अगले चरण के लिए," मुख्यमंत्री बोले। "आपने जो 'अपना सपना' बिल्डर्स का प्रस्ताव भेजा है उस पर कुछ अर्जेंट बात करनी थी।"

अभी दो दिन पहले ही 'अपना सपना' बिल्डर्स ने दिल्ली में झुग्गी-झोंपड़ीवाली बस्तियों में रहनेवालों के लिए पक्के आवास बनाने का प्रस्ताव अविनाश मेहरा को दिया था जिसे उन्होंने अनुमोदित करके मुख्यमंत्री के पास भेज दिया था।

"सर, मैं पन्द्रह मिनट में दफ़्तर पहुँच रहा हूँ।" अविनाश मेहरा ने हड़बड़ाकर अपना जूस का गिलास एक ही साँस में खाली कर दिया।

"नहीं, मैं अभी दफ़्तर में नहीं हूँ बल्कि एयरपोर्ट निकलने की तैयारी में हूँ। मेरा सुझाव यह है कि आप भी मेरे साथ कोच्चि चलिए। दो-ढाई घंटे की फ़्लाइट है। सो आपसे कुछ डिस्कशन हो जाएगा। बाक़ी 'अपना सपना' बिल्डर्स के मालिक को भी शाम को कोच्चि बुला लीजिए। अन्तिम बिन्दुओं पर उनसे विवेचना हो जाएगी। यदि सब कुछ ठीक रहा तो हम वहीं उनका प्रोजेक्ट पास कर देंगे। मैं नहीं चाहता कि इतना महत्त्वपूर्ण प्रोजेक्ट मेरे इलाज की वजह से लटके।"

एक हफ़्ते में बेटी की शादी है और ऐसी स्थिति में कोच्चि के दौरे की बात सुनकर देविना जी का मुँह बन गया। अविनाश कुछ बोलते उस पहले मुख्यमंत्री ख़ुद ही बोल पड़े, "मिस्टर मेहरा, आप तो जानते ही हैं कि मेरे लिए काम की वरीयता सबसे पहले होती है। मुझे मालूम है कि एक सप्ताह बाद आपकी बेटी की शादी है लेकिन अगर आप ये प्रोजेक्ट जल्दी पास कराना चाहते हैं तो आप चले चलिए। वैसे भी एक ही दिन की बात है। आपका कल सुबह की वापसी का टिकट करा दिया जाएगा।" जब तक अविनाश मेहरा फ़ोन काटते देविना जी ने उनकी पैकिंग शुरू कर दी थी।

अविनाश मेहरा की वापसी की फ़्लाइट सुबह पाँच बजे की थी। अपने ड्राइवर को उन्होंने रात में ही अपनी फ़्लाइट का विवरण दे दिया था। जहाज़ में बोर्ड करते ही उन्हें नींद आ गई। "हम दिल्ली के इन्दिरा गाँधी अन्तरराष्ट्रीय हवाई अड्डे

पर पहुँच गए हैं। बाहर का तापमान अठारह डिग्री सेंटीग्रेड है।" परिचारिका की आवाज़ से अविनाश मेहरा की नींद खुली। अपने ड्राइवर को कॉल करने के लिए उन्होंने जैसे ही फ़ोन स्विच ऑन किया उनको एक ही नम्बर से पाँच मिस्ड कॉल के नोटिफ़िकेशन दिखे। अविनाश मेहरा मिस्ड कॉल का उत्तर अवश्य देते थे सो उन्होंने उस नम्बर पर कॉल किया।

"पंडारा रोड पुलिस स्टेशन।" उधर से आवाज़ आई। अविनाश मेहरा का मन अचानक आशंका से घिर उठा।

"मैं अविनाश मेहरा आई.ए.एस. बोल रहा हूँ।" आदतानुसार अपने नाम के आगे अविनाश मेहरा 'आई.ए.एस.' लगाना शायद ही कभी भूलते थे।

"नमस्ते सर, मैं अखंड प्रताप सिंह एस.एच.ओ., थाना पंडारा रोड।"

अविनाश मेहरा को एक बहुत इत्मीनान से भरे स्वर में एक कड़क आवाज़ सुनाई पड़ी।

"जी बोलिए।"

"आपको फ़ोन इसलिए किया था सर कि कल रात आपके घर में एक वारदात हो गई है।" अविनाश मेहरा का दिल धक्क से रह गया। उनके पैर जहाज़ की सीढ़ियों से उतरते वक़्त लड़खड़ा-से गए।

"वारदात? कैसी वारदात?"

"आपके घर पर लगभग तीन बजे रात को चोरी हुई है," अखंड प्रताप सिंह बोले।

"मेरी पत्नी और बेटी? वो...वो लोग तो ठीक हैं ना?" घबराहट के मारे अविनाश मेहरा की आवाज़ नहीं निकल रही थी।

"घबराइए नहीं, वो ठीक हैं। उनको बेहोशी की हालत में सफ़दरजंग अस्पताल में भर्ती कराया गया है। उन्हें सम्भवतः क्लोरोफ़ॉर्म देकर बेहोश किया गया था। अब तो शायद होश भी आ गया होगा। मैं हॉस्पिटल में ही हूँ। आप यहीं आ जाइए।"

"ठीक है, मैं सीधे हॉस्पिटल ही आता हूँ।" अविनाश मेहरा का दिमाग़ सुन्न पड़ चुका था।

"गुड मॉर्निंग सर, मैं डॉक्टर कामत हूँ। आपकी पत्नी और बेटी दोनों एकदम ठीक हैं। माइल्ड क्लोरोफ़ॉर्म सुँघाया गया था दोनों को जिससे दो-तीन घंटे की बेहोशी आती है। अब उनको होश आ गया है और चिन्ता की कोई बात नहीं है।" डॉक्टर की बात सुनकर अविनाश मेहरा की जान में जान आई।

"क्या-क्या चोरी हुआ है अविनाश?" देविना जी ने अविनाश मेहरा को देखते ही पूछा। "मैं और अन्विता तो बेहोशी की हालत में यहाँ लाए गए थे सो हमें कुछ भी नहीं पता।"

"मैं भी एयरपोर्ट से सीधा यहाँ आ गया था। अब घर चलकर ही पता लगेगा क्या-क्या गया।" अविनाश मेहरा बोले। तभी उनके पास एक पुलिसवाला आया।

"मैं अखंड प्रताप सिंह हूँ सर, पंडारा रोड पुलिस स्टेशन का एस.एच.ओ.। मैंने ही आपको फ़ोन किया था।"

"आपको चोरी की सूचना किसने दी?" अविनाश मेहरा ने अखंड प्रताप से पूछा।

"सर, आपके बगलवाले बंगले से किसी ने पुलिस को सूचना दी कि पड़ोसवाले मकान से दरवाज़ा पीटने की और चीखने की आवाज़ आ रही है। हमारी पी.सी.आर. वैन तुरन्त आपके घर पहुँची तो पता चला आवाज़ आपके बंगले के पीछे स्थित सर्वेंट क्वार्टर से आ रही है। किसी ने उन्हें बाहर से बन्द कर दिया था। उसके बाद हमने आपके बंगले को चेक किया। गेट का ताला टूटा हुआ था और मुख्य द्वार की कुंडी टूटी हुई थी। अन्दर के बेडरूम में आपकी पत्नी और बेटी बेसुध पड़ी थीं। उसके बाद हम एम्बुलेंस बुलाकर इन्हें सीधा हॉस्पिटल ले आए। आपके घर पर फॉरेंसिक की टीम और डॉग स्क्वाड बुला लिया गया है। आप घर पहुँचिए तो हम तफ़्तीश शुरू करें।" एक वरिष्ठ आई.ए.एस. के सामने अखंड प्रताप अपनी मुस्तैदी दिखाने में कोई कसर नहीं छोड़ना चाहते थे।

अविनाश मेहरा के बेडरूम के अलावा चोर कहीं नहीं गए थे। महँगे सामान जैसे टीवी, लैपटॉप वगैरह को छुआ तक नहीं गया था लेकिन अविनाश मेहरा के बेडरूम की दोनों वार्डरोब और उनके लॉकर का ताला टूटा हुआ था। चोर सीधे उनके बेडरूम में गए थे जहाँ देविना जी और अन्विता सो रही थी। इन दोनों को क्लोरोफ़ॉर्म सुँघाने के बाद चोरों ने सम्भवतः देविना जी और अविनाश मेहरा की वार्डरोब काट के खोली थी जो कि अभी भी खुली पड़ी थी।

"सर, अभी तक पुलिस की टीम ने कुछ भी नहीं छुआ है। आप अपना सामान चेक कर लीजिए और बताइए क्या-क्या गया है।" यह कहकर अखंड प्रताप ने अपनी टीम को बाहर बुला लिया। चोरों ने दोनों लॉकर जिनमें जेवर और नक़दी रखी थी, साफ़ कर दिए थे। ताज़्जुब की बात यह थी कि नक़दी और जेवर के अलावा चोर कुछ भी नहीं ले गए, यहाँ तक कि साइड टेबल पर पड़े दो महँगे

आईफ़ोन भी नहीं ले गए थे। अन्विता और देविना जी के आँखों से आँसू निकलने लगे। एक दिन पहले तक घर में जो ख़ुशी का माहौल था वो अब डर, घबराहट और दुख में बदल गया था।

"मेरे लॉकर से अन्विता के चढ़ावे के सारे गहने गए," देविना जी बोलीं।

"और मेरी लॉकर का सारा कैश भी," अविनाश मेहरा बोले। दोनों पति-पत्नी के स्वर में अधिक निराशा भरा कौन सा स्वर था, ये कहना मुश्किल था। अविनाश मेहरा ने कमरे में एक सरसरी निगाह डाली लेकिन कहीं भी कोई संदिग्ध वस्तु या चिन्ह नहीं दिखाई दिया।

"सर, आप अपने चोरी हुए सामान के बारे में हमें बताएँ जिससे हम एफ.आई. आर. लिखकर कार्यवाही शुरू करें।" अखंड प्रताप सिंह डायरी लेकर कमरे के बाहर उनका इन्तज़ार कर रहे थे।

"चार सोने के सेट, दो डायमंड के सेट, चार जोड़ी कंगन, एक सोने की करधनी, एक सोने का जड़ाऊ माँग-टीका और दो नेकलेस। इनमें से दो सोने के सेट, दो डायमंड सेट और माँग-टीका हमने दो दिन पहले ही ख़रीदे थे।"

"और नक़द?" अखंड प्रताप नोट करते हुए पूछा।

"पन्द्रह-सोलह लाख के आसपास।" अविनाश मेहरा अपने मस्तिष्क में कुछ हिसाब करते हुए बोले।

"किसी पर शक़ है क्या आपको सर?"

"चोरी किसी क़रीबी की मुखबिरी से हुई है," अविनाश मेहरा बोले। आई.ए.एस. में चयनित होने से पहले वो एक साल आई.पी.एस. की नौकरी कर चुके थे। "चोर को हमारे घर के बारे में सब पता था। घर में छह दिन बाद शादी है। दो दिन पहले जेवरात ख़रीदे गए हैं। मैं एक दिन के लिए शहर से बाहर हूँ। सर्वेंट क्वार्टर पीछे की तरफ़ हमारे मुख्य भवन से दूर है और चोर को नक़दी और जेवर की एकदम सटीक जगह भी पता थी।" अविनाश मेहरा ने अखंड प्रताप सिंह को चौंका दिया था।

"सर, आप चिन्ता न करें, हमारी पुलिस पूरी मुस्तैदी से इस केस की छानबीन करेगी।" अखंड प्रताप बोले। उन्हें मालूम था कि दिल्ली के पंडारा रोड जैसे वी.आई. पी. इलाके में एक आई.ए.एस. अफ़सर के घर चोरी से कितना बड़ा हंगामा होगा।

तभी अविनाश मेहरा के फ़ोन पर कॉल आई, "सर मुख्यमंत्री आपसे बात करेंगे।"

"जी," अविनाश मेहरा को अन्दाज़ा हो गया था ख़बर मुख्यमंत्री तक पहुँच गई है।

"मुझे बहुत अफ़सोस हुआ आपके घर चोरी की ख़बर सुनकर। मैंने दिल्ली के एल.जी. और केन्द्रीय गृह मंत्री से बात कर ली है। पुलिस फोर्स एड़ी-चोटी का ज़ोर लगा देगी चोर को पकड़ने में, आप हिम्मत से काम लीजिए।"

अविनाश मेहरा को मुख्यमंत्री की बातें कोरी दिलासा देनेवाली लगीं। उन्हें अपने घर से चोरी हुए जेवर और नक़दी के वापस मिलने की उम्मीद न के बराबर थी।

"सर, आपके घर पर काम करनेवालों को एक-एक करके थाने बुलाऊँगा पूछताछ के लिए। आगे की कार्यवाही उसी पर निर्भर करेगी।" अखंड प्रताप सिंह काफ़ी तत्परता के साथ अपनी ड्यूटी निभाने में लगे हुए थे।

"मेरी तरफ़ से कोई रोक-टोक नहीं है एस.एच.ओ. साहब। आप अपना काम करिए।" अविनाश मेहरा ने अखंड प्रताप को हरी झंडी दे दी।

अखंड प्रताप सिंह को दो दिन के अथक प्रयास के बाद भी केस में कोई भी अहम सुराग़ हाथ नहीं लगा था। अविनाश मेहरा के घर अगले दिन से मेहमान आनेवाले थे। अनमने ढंग से अविनाश मेहरा और देविना जी दोबारा शादी की तैयारी में लग गए थे।

"शाम को चलकर नए जेवर लें आएँगे देविना, हम अपनी तरफ़ से कोई कमी नहीं करेंगे," अविनाश मेहरा नाश्ता करते हुए बोले। तभी उनका निजी सचिव उनका फ़ोन लेकर आया। उसने डरते-डरते पूछा, "सर! कोई अखंड प्रताप सिंह है, कह रहा है आपसे अर्जेंट बात करनी है।"

"हाँ एस.एच.ओ. साहब! बोलिए क्या बात है?"

"अरे सर, मिठाई खिलाइए," उधर से अखंड प्रताप सिंह की उत्साह से भरी आवाज़ सुनाई दी।

"क्यों, क्या हुआ? कुछ सुराग़ मिला क्या?" अविनाश मेहरा ने पूछा।

"सुराग़? अरे साहब, टोटल रिकवरी हो गई है। आप थाने आ जाइए और सुपुर्दगीनामा भरकर अपना सामान ले जाइए।"

अविनाश मेहरा का चेहरा खिल गया था। "चोर कौन है?" उन्होंने पूछा।

"कोई नेपाली लड़का है सर। अब ये पता लगाना है इसको टिप किसने दी। ख़ैर वो सब तो हम पता कर ही लेंगे, आप आकर अपनी अमानत ले जाइए।"

अगले पाँच मिनट में अविनाश मेहरा और देविना जी पंडारा रोड पुलिस स्टेशन में थे। अखंड प्रताप सिंह ने उनके लिए चाय मँगवा रखी थी।

"यादव जाओ, ज़रा साहब का सामान, एफ.आई.आर. की कॉपी और सुपुर्दगीनामा ले आओ।" अखंड प्रताप ने एक कांस्टेबल को बोला।

"ये रही सर आपकी एफ.आई.आर. की कॉपी। आप इत्मीनान से सब माल मिला लीजिए। देविना जी की ख़ुशी का कोई ठिकाना नहीं था। खोये गहनों के वापस मिल जाने का सुख एक औरत के सिवा कोई नहीं समझ सकता।

"जी, गहने तो पूरे हैं," देविना बोलीं। उनको उस समय अखंड प्रताप सिंह साक्षात कुबेर नज़र आ रहे थे।

"और सर ये रही आपकी नक़दी।" अखंड प्रताप सिंह ने दो हज़ार के नोटों की आठ गड्डियाँ एक बैग से निकालकर टेबल पर रख दीं। "एफ.आई.आर. में आपने पन्द्रह-सोलह लाख लिखाए थे। लीजिए पूरे नोट ज़ब्त कर लिए हैं हमने। शत-प्रतिशत रिकवरी तो शायद दिल्ली पुलिस के इतिहास में नहीं हुई है आज तक।" अखंड प्रताप की ख़ुशी देखकर तो लग रहा था कि जैसे उन्हीं को अपना खोया सामान मिल गया हो।

"आपने बहुत अच्छा काम किया है एस.एच.ओ. साहब। आपको ईश्वर ख़ूब तरक्की दे।" देविना जी से अब रहा नहीं गया, एक भारीभरकम अफ़सर की बीवी का एक अदने-से पुलिस अधिकारी की तारीफ़ करना बहुत बड़ी बात थी।

"सर, सुना है आपकी बिटिया की शादी में बड़े-बड़े अधिकारी आ रहे हैं। अगर आप दिल्ली के एल.जी. से मेरे बारे में दो-चार अच्छे शब्द बोल देंगे तो शायद मेरा बरसों से अटका हुआ प्रमोशन हो जाए।"

"साहब ज़रूर बोल देंगे।" देविना जी भाव विभोर हुई जा रही थीं, तभी उनकी नज़र अविनाश मेहरा की बदलती हुई भाव-भंगिमाओं पर पड़ी। अविनाश मेहरा उस वक़्त एक पति से आई.ए.एस. बन चुके थे। ऐसा देविना जी ने कई बार देखा था। वे अब चुप हो गई थीं। अविनाश मेहरा ने नक़दीवाला बैग उठाया और देविना जी ने जेवरवाला और दोनों घर आ गए।

"आप कुछ भी कहें इस एस.एच.ओ. अखंड प्रताप को कुछ तो इनाम मिलना ही चाहिए।" देविना जी ने घर पहुँचते ही कहा।

"इनाम मिल चुका है साले को, वो भी तीन करोड़ का।" अविनाश मेहरा का पारा गरम हो गया था।

"क्या मतलब? मैं कुछ समझी नहीं।"

"मतलब यह कि मेरे लॉकर में सोलह लाख रुपयों के अलावा तीन करोड़ रुपए नक़द और भी थे जो मुझे 'अपना सपना' बिल्डर ने अपने प्रोजेक्ट को पास करवाने के लिए दिए थे, उनकी फ़ाइल को मुख्यमंत्री तक पहुँचाने की क़ीमत।"

"तो फिर एफ.आई.आर. में आपने सोलह लाख ही क्यों लिखवाए?" देविना जी ने पूछा। "और अपने तीन करोड़ के बारे में इस अखंड प्रताप सिंह के बच्चे से भी कुछ पूछा क्यों नहीं?"

देविना जी झीकते हुए बोलीं।

"वो इसलिए देविना कि पैसे तो जा ही चुके थे, अब अगर मैं यह बताता कि कितने पैसे गए तो नौकरी भी चली जाती," अविनाश मेहरा बोले।

"दो दिन बाद बेटी की बरात आनी है, सब शान्ति से निपट जाने दो।"

भोली

श्यामू ने भोली से प्रेम विवाह किया था यानी लव मैरिज। अपने ख़ानदान में पहली या शायद पूरे जैतपुर गाँव में पहली। भोली उसके साथ सरकारी स्कूल में पढ़ती थी और वहीं दोनों का प्यार परवान चढ़ा। नौवीं में आकर्षण, दसवीं में बातचीत, ग्यारहवीं में प्रेम स्वीकृति और बारहवीं में विवाह। श्यामू के पिता रामजी गुप्ता की जैतपुर में एकमात्र परचून की दुकान थी और सारे गाँव का राशन उन्हीं की दुकान से जाता था।

श्यामू और भोली के प्रेम प्रसंग की ख़बर वैसे तो पूरे गाँव को थी लेकिन यह राज़ उनके घरवालों पर काफ़ी बाद में खुला और इन्हीं चार लोगों यानी श्यामू और भोली के माता-पिता की ही स्वीकृति सबसे महत्त्वपूर्ण थी। दो-चार दिन की मंत्रणा के बाद चारों ने अपना फ़ैसला सुना दिया। निर्णय तीन चौथाई बहुमत से श्यामू और भोली के पक्ष में आया। श्यामू के पिता रामजी गुप्ता आर्थिक रूप से तो मजबूत थे लेकिन पढ़ाई उनकी चौथे दर्जे तक ही हुई थी। अब एक शिक्षित ब्राह्मण उनके समधी बन जाएँगे तो उनकी इज़्ज़त और बढ़ जाएगी, ऐसा सोचकर उन्होंने तुरन्त हाँ कर दी। भोली के पिता देवकी नन्दन मिश्रा सरकारी स्कूल में गणित के शिक्षक थे। श्यामू पढ़ने में तेज़ था और गणित में अव्वल आता था सो वो पिता और बेटी दोनों को ही प्रिय था। भोली की माँ का सिर्फ़ इतना ही कहना था, "जैसा भोली के बप्पा को ठीक लगे।"

अब बात इस चौकड़ी की आख़िरी कड़ी की, यानी श्यामू की माँ लक्ष्मी देवी गुप्ता की हो जाए। उनकी पहली प्रतिक्रिया ने रामजी गुप्ता की तो बोलती बन्द कर दी। "सुनौ लाला जी, तुम आपन दुकान देखो। घर हमका चलाय देओ, श्यामू का ब्याह बिरादरी मा ही होइ," लक्ष्मी देवी ने अपना वीटो प्रयोग कर लिया।

"तो ठीक है अम्मा, हमरी भी सुन लो," श्यामू शायद पहली बार इतनी तेज़ आवाज़ में बोला था, "हमरी शादी होइ तो केवल भोली से होइ, नहीं तो हमका कुँवारा रहना मंज़ूर, हमही का इस ख़ानदान का आख़िरी वारिस समझो।"

लक्ष्मी देवी, श्यामू का ये रूप देखकर सकते में आ गईं। अपने इकलौते बेटे से उन्हें बहुत उम्मीद थी लेकिन सबसे बड़ी उम्मीद तो वारिस की ही थी और श्यामू उसी उम्मीद पर पानी फेरने की बात कर रहा था।

"एक तो टुटपुँजिया मास्टर ऊके ऊपर तीन-तीन लड़की। हमरे हिस्से का आईहे?" लक्ष्मी देवी अपने-आप समझौते के मूड में आ गई थीं।

"सरकारी मास्टर की तनख़्वाह ठीक-ठाक होत है। पुश्तैनी घरउ है उनका। श्यामू का हिस्से मा कुछ न कुछ तो अइबे करी।" राम बाबू की भी हिम्मत वापस आ रही थी।

"का बकवास लगा रखी है, हम कुछउ न मगहियें, जउन मिल जाए ठीक है," श्यामू ने बात वहीं ख़त्म कर दी और श्यामू और भोली परिणय सूत्र में बँध गए। देवकी नन्दन मिश्रा ईमानदार मास्टर थे और बच्चों को ट्यूशन भी मुफ़्त पढ़ाते थे। उधार वो किसी से न लेते थे न देते थे सो उन्होंने अपनी सामर्थ्य के अनुसार ही शादी की यानी बहुत ही साधारण शादी।

लक्ष्मी देवी जब बहू को विदा कराने गईं तो उन्होंने भोली के शरीर पर जेवर ढूँढ़ने की कोशिश की मगर उनको कुछ दिखा नहीं। "कैसी बेवा-जैसी लग रही है निगोड़ी, श्यामू के तो भाग ही फूट गए," लक्ष्मी देवी अपने पति के कान में बुदबुदाई और फिर ज़ोर से सबको सुनाते हुए बोलीं, "एकहो रुपया दहेज नाहीं लिये हैं हम लोग, न कपड़ा-लत्ता, न सोफे-अलमारी न होंडा की मोटरसाइकिल। हम तो मिश्रा मास्साब से बोल दिए रहे कि हमका कछु न चाहि। अरे भाई एक ईमानदार सरकारी मास्टर अपनी तनख़्वाह मा का खाई का निचोड़ी?" लक्ष्मी देवी ने अपनी दहेज न मिलने की पूरी कुंठा इतनी ख़ूबसूरती से निकाल दी थी कि देवकी नन्दन को ये समझ नहीं आ रहा था कि वो सम्मानित हुए हैं या अपमानित। वो केवल मुस्कराकर रह गए।

"लेकिन हम लोगन की भी गाँव मा कुछ इज़्ज़त है कि नाही," लक्ष्मी देवी ने दूसरा अध्याय शुरू कर दिया था, "अब बिन सोना-चाँदी के कैसे बहू का बिदा कर लेब?" यह कहकर लक्ष्मी देवी ने अपनी हीरे-जड़ी सोने की अँगूठी भोली की उँगली में डाल दी। "खालिस सोने पर असली हीरा जड़ा है मास्साब, आपके कम-से-कम दुई-ढाई लाख बच गए।" बातों-बातों में लक्ष्मी देवी ने अँगूठी के दाम

भी सबको बता दिए। इस पूरे प्रकरण से श्यामू बहुत नाराज़ था लेकिन भोली को पाने की ख़ुशी के आगे उसकी सारी नाराज़गी फुर्र हो चुकी थी।

'जस नाम तस गुण' यह कहावत भोली के ऊपर अक्षरश: चरितार्थ होती थी। उसने अपने जीवन में कभी भी अपने गाँव से बाहर कदम नहीं रखा था। जिस उम्र में लड़कियाँ थोड़ी चपड़ होने लगती हैं उससे पहले ही भोली का बियाह हो गया था। देवकी नन्दन ने अपनी पुत्री के अन्दर संस्कार कूट-कूट कर भरे थे। ससुराल में आकर उसने पहले दिन से ही सुबह उठकर अपने सास-ससुर के चरण स्पर्श करने की परम्परा की शुरुआत की। पहले दिन जब वो लक्ष्मी देवी के कमरे में गई तो उस वक़्त लक्ष्मी देवी नहा चुकी थीं और मन-ही-मन कोई पाठ कर रही थीं। भोली चुपके से चरण स्पर्श कर के जाने लगी तो लक्ष्मी देवी पाठ को बीच में रोक कर बोलीं, "दस मिनट बाद आना।"

इस बीच में भोली ने रामजी गुप्ता के चरण स्पर्श किए और उसको ग्यारह रुपए का नेग भी मिला। "ई रोज न मिलिहे, बस पहली बार का है," रामजी खीस निपोरकर बोले।

अब भोली वापस अपनी सास के पास पहुँची और उसने बड़े ही सुगढ़ ढंग से झुककर लक्ष्मी देवी के पैर एक बार फिर छुए। "हमरा चस्मा उठाओ, उसके बिना हमका ठीक से दिखाई नहीं देत है," लक्ष्मी देवी बोलीं। चश्मा पहनने के बाद लक्ष्मी देवी ने भोली को ऊपर से नीचे तक घूरा। उसे लगा लक्ष्मी देवी की आँखें उसके तन का मुआयना कर रही हैं और श्यामू के स्पर्श के निशान खोजने की कोशिश कर रही हैं। ख़ैर, भोली इस मामले मे कुछ बोल तो सकती नहीं थी सो वो चुप रह गई लेकिन उसने अगले कुछ दिनों तक भी लक्ष्मी देवी की आँखों में वही कुछ खोजने वाली प्रवृत्ति देखी। वो चौथा या पाँचवाँ दिन था भोली का उसकी ससुराल में। वो सुबह उठकर सास के कमरे में गई और जैसे ही चरण स्पर्श के लिए झुकी लक्ष्मी देवी बोल उठीं, "तुम्हार अँगूठी कहाँ है बहू?" भोली एक क्षण के लिए तो घबरा गई लेकिन तभी उसे याद आया कि रात में श्यामू ने अँगूठी ये कहकर उतरवा दी थी कि उसके नग चुभते हैं और भोली जल्दी में पहनना भूल गई थी। "कमरे में राखी है अम्मा, अभी पहन लेंगे।"

"एतनी लापरवाही इहाँ न चलिहे बहू," लक्ष्मी देवी तल्ख़ स्वर में बोलीं। "तुम्हारे पिताजी की दुइ जनम की कमाई मा भी ऐसी अँगूठी न आ पाई, खबरदार जो ऊ का इधर-उधर रखा।"

उस दिन के बाद से भोली ने उस अँगूठी को अपने बदन का हिस्सा ही मान लिया था। प्रणय बेला में अँगूठी के नग से श्यामू को कभी-कभी चोट भी लग जाती लेकिन भोली के लिए उसकी सास का आदेश सर्वोपरि था।

इधर लक्ष्मी देवी भी किसी-न-किसी बहाने से भोली की उँगली ज़रूर चेक कर लेती थीं जिसमें उन्होंने अपनी हीरे वाली अँगूठी पहनाई थी।

गाँव की शादियों में मेहमान जल्दी वापस नहीं जाते सो पूरा एक हफ़्ता लग गया घर ख़ाली होने में। श्यामू की बुआ शादी के दस दिन पहले आ गई थीं और पूरे एक हफ़्ते बाद तक टिकी रहीं। उनके जाने के अगले दिन सुबह ही श्यामू ने एक बम फोड़ दिया।

"क्या कहा? हनीमून जाओगे, हम हराम में कमाए हैं क्या पैसे?" रामजी गुप्ता की तेज़ आवाज़ ने पूरे घर को ही डरा दिया था। एक बार तो श्यामू को लगा कि उसको अपना हनीमून अपने कमरे में ही मनाना पड़ेगा।

"हाँ, तो कौन बुराई है ऊ मा, सबहिन जात हैं हनीमून आजकल।" लक्ष्मी देवी ने तो जैसे रिवर्स स्वीप मार दी हो। शायद उनको ये तो समझ में आ गया था कि भोली रूप और स्वभाव दोनों से ही श्यामू को रिझाने का हुनर रखती है सो इकलौते बेटे को अपने खेमे में रखने के लिए उसकी बातों का अनुमोदन ज़रूरी है। माँ से मिले अप्रत्याशित समर्थन से श्यामू विह्वल हो उठा, "अम्मा-बाबूजी, आप लोग भी साथ मा चलो बम्बई तक। उहाँ छोटे मामा का घर मा तुम दोनों रुक जाना और हम और भोली चार दिन गोवा घूमकर आ जाएँगे। मामा-मामी शादी मा नहीं आ पाए हैं तो उन्हीन लोगों से मिलना हुई जाई।" श्यामू के ननिहाल में उसके छोटे मामा जानकी दास का अलग रुतबा था एक तो वो सबसे अधिक पढ़े-लिखे थे, दूसरे वो मुम्बई में रहते थे, तीसरे वो अपनी ससुराल से मजबूत थे और चौथा वो अपने व्यवसाय में अत्यधिक सफल थे। चूँकि जानकी दास की अपनी कोई सन्तान नहीं थी तो उनके मन में भाँजे श्यामू के लिए विशेष स्नेह था।

"ठीक है जानकी से कह के वापसी टिकट बनवा लो चारों लोगों का," अबकी रामजी बोले। उन्हें लगा कि मुम्बई तक का टिकट और ख़र्चा तो जानकी बाबू उठा लेंगे और उसके आगे भोली और श्यामू का गोवा आना-जाना भी उनकी गाड़ी से हो जाएगा, बाकी के ख़र्चे भी चार लोगों के टीके-व्यवहार से निकल ही आएँगे।

चौबीस घंटे तक ट्रेन का सफर करके श्यामू और भोली, रामजी और लक्ष्मी देवी समेत रात को आठ बजे जानकी दास के फ़्लैट पहुँच गए। बान्द्रा के इलाके में

ग्यारहवीं मंज़िल पर समन्दर के किनारेवाले इस फ़्लैट में पहुँचकर रामजी का परिवार अभिभूत था। अपनी बहन के परिवार को देखकर जानकी दास भी बहुत ख़ुश लग रहे थे हालाँकि उनकी पत्नी उमा देवी अपने पति से थोड़ा कम ख़ुश थी। शहर में पली-बढ़ी उमा देवी देहातियों को अधिक पसन्द नहीं करती थीं। "जीजा नहा लो तो भोजन किया जाए," जानकी ने रामजी से कहा। "अब रात में का नहाई, सुबह देखा जाएगा," रामजी ने उत्तर दिया। रामजी को कड़ाके की भूख लगी थी। रामजी गुप्ता की पत्नी, बेटा और बहू तीनों के लिए डाइनिंग टेबल पर खाने का यह पहला अनुभव था। पूड़ी, आलू की रसेदार सब्ज़ी, घुइयाँ, रायता, पुलाव और सलाद। खाना परोसने की ज़िम्मेदारी भोली ने ले ली। उमा देवी के बनाए भोजन को जब बोन चाइना की कटलरी में परोसा गया तो उसका स्वाद भी बढ़ गया। जानकी दास की पत्नी उमा के ऊपर पैसें का घमंड साफ़ दिख रहा था। उन्हें पहली बार मौका मिला था जब वह अपनी हैसियत का प्रदर्शन अपने ससुरालवालों के सामने कर पातीं सो वो कोई कसर नहीं छोड़ रही थीं। भोली ने उनके बनाए गए पाइनएपल रायते को स्वीट डिश समझ लिया और थाली में परसा ही नहीं।

"रायता दूँ आप लोगों को?" उमा देवी ने पूछा। आलू की सब्ज़ी में थोड़ी कचाइन थी और ऐसे में पाइनएपल रायता एक ज़बर्दस्त विकल्प के रूप में उभरा। जैतपुर के परिवार ने पहली बार ऐसा रायता चखा था। बस, फिर क्या था, श्यामू, रामजी और लक्ष्मी देवी ने दोबारा सब्ज़ी ली ही नहीं और रायते से ही पेट भर लिया। नतीजा यह हुआ कि आलू की रसेदार सब्ज़ी आधे से अधिक बच गई और यह बात निश्चित रूप से उमा देवी को खल गई थी।

भोजन करने के बाद सोने की व्यवस्था देखी गई। जानकी दास के मकान में दो कमरे थे जिनमें से एक ख़ुद उनका था और दूसरा मेहमानों का। "हमार सामान कमरे मा रख दो," लक्ष्मी देवी ने श्यामू को आदेश दिया। "का जिज्जी? श्यामू और भोली की नई शादी है सो उनका कमरा मा सोये देओ, अपन सामान चाहे जहाँ रख लो पर तोहार और जीजा के सोने की व्यवस्था हम ड्राइंग रूम में किए हैं।"

लक्ष्मी देवी का ज़ोर जानकी दास के ऊपर नहीं चलता था सो उन्होंने मन मानकर ड्राइंग रूम में सोने की बात मान ली। पैसे का खेल भी निराला है। अभी दस दिन पहले वो जिस रुपए का रोब भोली के पिता देवकी नन्दन जी पर डालकर आई थीं आज जानकी दास उसी रुपए का रोब लक्ष्मी देवी पर जमा रहा था।

श्यामू और भोली की रात मज़े में कटी। बहुत देर तक वो लोग मेहमान वाले कमरे से लगी हुई बालकनी में बैठे रहे और मुम्बई की रौनक देखते रहे। सुबह भोली की नींद पौने नौ बजे खुली। "हाय दैया, नौ बजे वाले हैं, अम्मा जी का सोचिहें," वो लगभग चिल्लाते हुए बोली। "कुछ न बोलिहें, ऊ जानत हैं कि हम हनीमून मनाए की खातिर इहाँ आए हैं," इतना कहकर श्यामू ने भोली का हाथ पकड़कर अपनी तरफ़ खींचा। "अरे वाह, आज तो तुम्हरी अँगूठी हमका गड़ी नहीं, अच्छा किया कि उतारकर रख दी।"

श्यामू के इस वाक्य ने भोली के होश उड़ा दिए। "हम उतारे नहीं हैं अँगूठी!" भोली की साँस फूलने लगी थी। "देखौ, यहीं होइ," श्यामू ने एक झटके में पूरा बिस्तर झाड़ डाला। अँगूठी को लेकर भोली के ऊपर जो लक्ष्मी देवी का ख़ौफ़ था उससे श्यामू भी भलीभाँति परिचित था। श्यामू और भोली ने पूरा कमरा छान डाला पर अँगूठी का नामोनिशाँ नहीं मिला। "कहाँ गिरा दी ऊ नासपीटी अँगूठी? गवा हमरा हनीमून पानी मा। मामा-मामी के सामने इज्जत उतारकर रख देंगी अम्मा तुम्हरी।" श्यामू, भोली को समझाने के बजाय और डरा रहा था।

"नाश्ता तैयार है बच्चो, जल्दी आओ।" कमरे के दरवाज़े पर जानकी दास ने दस्तक दी।

"बाहर तो निकलना ही पड़ेगा," श्यामू बोला। "किसी से कछु कहने की जरूरत नाही है। गोआ जाने तक किसी तरह अम्मा की नजर से अपनी उँगली छुपाकर रखो, फिर देखा जाई।" श्यामू ने ये कहकर दरवाज़ा खोल दिया। लक्ष्मी देवी ने नाश्ता शुरू कर दिया था। भोली जैसे ही उनके चरण स्पर्श के लिए आगे बढ़ी किचन से उमा देवी की आवाज़ आई, "भोली, ब्रेड-पकौड़े निकाल रही हूँ। कड़ाही से आकर ले जाओ, गरम-गरम ही अच्छे लगेंगे।" भोली ने अपनी सास की तरफ़ देखा। लक्ष्मी देवी ने अपनी आँखों से इशारा करके भोली को किचन की तरफ़ जाने को कहा। भोली की जान में जान आई। वो पहला पड़ाव पार कर चुकी थी। उसने ब्रेड पकौड़े खाने की टेबल पर रखे और लक्ष्मी देवी से सबसे दूर वाली कुर्सी पर बैठ गई।

"भोली, गुसलखाने मा हमरा चस्मा रहि गवा है, तनिक लाओ तो देखें जानकी की बहू कौन-कौन व्यंजन बनाई है।"

"जी अम्मा जी" कहकर भोली उठी तो लेकिन उसको मालूम था चशमा लगते ही लक्ष्मी देवी की नज़र उसकी उँगली पर जा पड़ेगी। भोली के पास उस

समय कोई दूसरा विकल्प नहीं था। वो उठकर लक्ष्मी देवी का चश्मा लेने गई। ग़ुसलख़ाने में उसको जीवन की पहली चालाकी सूझी। उसने अपनी सास के चश्मे को तोड़कर उसके टुकड़े फ्लश कर दिए। "अम्मा इहाँ नाही है चस्मा," भोली ने बाथरूम से आवाज़ लगाई।

"आकर नाश्ता कर लो पहले, चश्मा बाद में खोज लेना।" अपनी बहन की जगह जानकी दास ने जवाब दिया।

भोली जब वापस लौटी तो उसका आत्मविश्वास कुछ बढ़ चुका था, उसे ज़ोर की भूख लगी थी। गरमागरम ब्रेड-पकौड़े का पहला निवाला भोली के मुँह में गया ही था कि लक्ष्मी देवी बोली, "जानकी, अम्मा की हीरे की जो अँगूठी रही ना, ऊ हम भोली को दे दिए हैं। भोली तनिक दिखाओ तो अपनी अँगूठी मामा-मामी को।" लक्ष्मी देवी का वाक्य पूरा भी नहीं हुआ था कि भोली के दाँतों में ब्रेड-पकौड़े के बीच से इक बड़ा-सा कंकड़-जैसा कुछ आया। उसको थूकने के लिए वो वॉश बेसिन की तरफ़ भागी। वहाँ अपने मुँह से निकली वस्तु को देखकर भोली के मन में जो भाव आया उसमें अचम्भा अधिक था या प्रसन्नता ये कहना मुश्किल था। भोली के मुँह में ब्रेड-पकौड़े के कौर में उसकी खोई अँगूठी निकली थी।

भोली ने मेज़ पर वापस आकर बड़ी शान से जानकी दास और उमा देवी को अपनी अँगूठी दिखाई। श्यामू सदमे की स्थिति में था।

"क्या हुआ बेटा, कुछ फँस गया था क्या?" उमा देवी ने पूछा।

"फँसा था लेकिन निकल आवा," भोली ने जवाब दिया। "आपके हाथ मा स्वाद है साथ मा बरक्कत भी मामी जी। कल की बची हुई सब्जी से आपने कत्ते बढ़िया ब्रेड-पकोड़े बनाए लिए।"

उमा देवी भोली का वाक्य सुनकर सन्न रह गईं। उनकी सारी हेकड़ी निकल गई थी। वो सोचने लगीं कि ये बात भोली कैसे जान गई कि उन्होंने रात के बचे हुए आलू मैश करके आज ब्रेड-पकौड़े बनाए थे।

उधर भोली समझ गई थी कि रात को खाना परसते समय ही उसकी अँगूठी आलू की सब्जी में गिर गई होगी।

सच का सच

अभिनव पांडे जितने ईमानदार ख़ुद थे उतनी ही ईमानदारी की अपेक्षा वे अपने कर्मचारियों से भी करते थे। अभिनव पांडे टीवी के क्षेत्र में अग्रणी कम्पनी वैल्यू विज़न के मुम्बई के सेल्स हेड थे और अब उत्तरी क्षेत्र के हेड बनकर दिल्ली आ गए थे। उनके आते ही दिल्ली क्षेत्र के कर्मचारियों को अपने-आप ही सही समय से दफ़्तर आने और जाने की आदत पड़ गई थी। नियम-कानून के पालन से कम्पनी में अनुशासन बढ़ा था और इस कारण लगातार बिक्री में बढ़ोतरी भी होती जा रही थी।

"ईमानदारी के सौ नुक़सान मंज़ूर हैं लेकिन बेईमानी से एक भी फ़ायदा नहीं," अभिनव पांडे ने अपना परिचय देते हुए कहा था, "झूठ और बेईमानी के अलावा मैं सारी गलतियाँ माफ़ कर सकता हूँ।"

वैल्यू विज़न कम्पनी सेल्स में तो नम्बर एक थी पर कम्पनी की सबसे बड़ी समस्या थी लाखों रुपए की आउटस्टैंडिंग यानी बकाया। अभिनव पांडे का तबादला दिल्ली शायद इसीलिए किया गया था क्यूँकि पूरा उत्तर भारत इस बकाये के रोग से ग्रसित था। पांडे जी ने अपना कार्यभार सँभालते ही उन वितरकों की सूची माँगी जिनके ऊपर दस लाख से अधिक की राशि बकाया थी। "इन सभी वितरकों की सप्लाई पर तत्काल प्रभाव से रोक लगा दी जाए।"

अभिनव पांडे ने पूरी सेल्स टीम को ये निर्देश दे दिए। "वह माल जिसकी क़ीमत अदा नहीं की गई हो उसको मैं बिका हुआ नहीं मानता।"

कुछ ही दिनों में अभिनव पांडे ने अपनी सेल्स की टीम को पूरी तरह से वसूली पर लगा दिया।

झाँसी के मेहरा इलेक्ट्रॉनिक्स के ऊपर भी लगभग दस लाख बकाया था। "सुनील, आप आज रात को ही झाँसी निकल जाओ और मेहरा साहब की पेमेंट लेकर आओ। तीन-चार दिन जितना भी समय लग जाए पर पैसे लिए बिना वापस मत

आना।" अभिनव पांडे ने झाँसी क्षेत्र के एरिया सेल्स मैनेजर सुनील से कहा, "और हाँ, मेहरा को पहले से मत बताना कि तुम जा रहे हो वरना वो मिलेगा ही नहीं।"

सुनील दिल्ली से चलनेवाली बुंदेलखंड एक्सप्रेस से झाँसी पहुँचा। ट्रेन काफ़ी सुबह पहुँच गई सो सुनील के पास होटल में जाकर नहाने-धोने एवं नाश्ते का पर्याप्त समय था। लगभग ग्यारह बजे सुनील सदर बाज़ार स्थित मेहरा इलेक्ट्रॉनिक्स के शोरूम पर पहुँचा। तब तक मेहरा साहब नहीं आए थे और वो दिन भर आए भी नहीं। सम्भवत: उनके स्टाफ़ ने उन्हें सुनील के आने की सूचना दे दी थी। ख़ैर! सुनील ने पूरा दिन उनके अकाउंटेंट के साथ हिसाब-किताब करने में बिता दिया लेकिन उसके मन में अभिनव पांडे का ख़ौफ़ सवार था। वो ख़ाली हाथ वापस आने के बारे में तो सोच भी नहीं सकता था।

"क्या बताऊँ, मेहरा साहब से मिलना बहुत ज़रूरी था, आज ही रात की वापसी है तो इस बार मिलना नहीं हो पाएगा लेकिन मैं अगले सप्ताह वापस आऊँगा पेमेंट लेने।"

सुनील ने थोड़ी चालाकी से काम लिया। वह दिल्ली वापस नहीं गया और अगले दिन सुबह दस बजे से ही वह मेहरा साहब की दुकान के सामनेवाले जलपान गृह में जाकर बैठ गया। उसकी नज़र लगातार मेहरा साहब की दुकान पर थी। क़रीब साढ़े ग्यारह बजे मेहरा साहब अपनी दुकान पर पहुँचे और दो मिनट के अन्दर ही सुनील भी उनके पीछे-पीछे दुकान के अन्दर आ गया। सुनील को देखकर मेहरा साहब सकपका गए। उन्होंने पिछले चार महीनों से वैल्यू विज़न कम्पनी का कोई पेमेंट नहीं किया था जबकि इस बीच में उनको माल लगातार मिल रहा था।

"आप मार्केट का हाल तो देख ही रहे हैं सुनील जी। बड़ी मुश्किल से पैसा आता है," मेहरा साहब ने भुगतान में हुए विलम्ब का सबसे घिसा-पिटा बहाना बनाया।

"मेहरा साहब! आप हमारा माल बेच तो रहे हैं ना, तो पैसा तो आता ही होगा। आपके सभी टीवी या तो नक़द या फिर क्रेडिट कार्ड से बिकते हैं यानी तुरन्त भुगतान हुआ होगा। फिर किस बात की दिक़्क़त है?"

सुनील जितनी देर तक मेहरा साहब से बात कर रहा था। उतनी देर में ही मेहरा इलेक्ट्रॉनिक्स से उसकी कम्पनी के दो-तीन टीवी बिक गए। दस दिन बाद क्रिकेट वर्ल्ड कप शुरू होनेवाला था तो टीवी की सेल कुछ ज़्यादा ही तेज़ चल रही थी।

"देखिए, माल तो फटाफट बिक रहा है ना? फिर पेमेंट देने में कोताही क्यों?" सुनील, मेहरा साहब पर हावी होते हुए बोला।

"हमने आपको पन्द्रह टीवी सेट का ऑर्डर दिया हुआ है, वह कब तक आ जाएँगे? वर्ल्ड कप शुरू होने के बाद टीवी नहीं बिकेंगे," मेहरा साहब का लहज़ा कुछ हल्का पड़ रहा था।

"आप पुराना पेमेंट करिए, टीवी समय से पहुँचाना मेरी ज़िम्मेदारी है," सुनील बोला।

मेहरा साहब ने अब इमोशनल पासा फेंका। "सुनील जी, मेरा बेटा अमेरिका के कॉलेज में दाखिला ले रहा है, वहाँ उसकी फ़ीस लाखों में जाएगी, अभी आपकी पेमेंट कर दूँगा तो उसकी फ़ीस कैसे चुकाऊँगा?"

"मेहरा साहब, यह मत भूलिए कि आज आपके बच्चे अमेरिका में पढ़ने का सपना देख रहे हैं तो उसका कारण यही है कि आपने हमारी कम्पनी से लाखों कमाए हैं और आप उसी कम्पनी के साथ ऐसा कर रहे हैं? अगले दस दिनों में आप पन्द्रह नहीं, बीस टीवी बेच सकते हैं। अपनी कमाई बढ़ाइए और बच्चों को आप जहाँ चाहते हैं वहाँ पढ़ाइए लेकिन यदि आपने उधारी की रक़म से बच्चों की फ़ीस चुकाई तो वो फलेगी नहीं। ऊपरवाला सब देखता है।" सुनील ने मेहरा साहब की दुकान में लगी हुई भगवान की मूर्ति को देखते हुए कहा।

सुनील की बात मेहरा साहब को लग गई, वह कुछ बोले नहीं।

"आप छह बजे शाम तक आइए मैं कुछ पैसों का प्रबन्ध करता हूँ।" मेहरा साहब की बातों में विश्वसनीयता थी।

ठीक छह बजे सुनील मेहरा इलेक्ट्रॉनिक्स में वापस आ गया। "मुंशी जी, सुनील साहब को पाँच लाख नक़द देकर रिसीविंग ले लीजिए।"

"पाँच लाख? पर आपके ऊपर तो दस लाख के ऊपर का बक़ाया है।" सुनील बोला। हालाँकि उसको एक बार में इससे अधिक पेमेंट की उम्मीद भी नहीं थी।

"मैं जितना कर सकता हूँ उतना मैं कर दे रहा हूँ। बाकी के पाँच लाख का चैक दे देता हूँ। अगले महीने की दस तारीख़ को बैंक में लगा दीजिएगा।"

सुनील को मालूम था एक बार वर्ल्ड कप शुरू हो गया तो मेहरा साहब को भुगतान की चिन्ता नहीं रह जाएगी। इसी आकलन को ध्यान में रखते हुए वो बोला, "अधिक-से-अधिक पाँच दिन का समय दे सकता हूँ। आज बीस तारीख़ है। आप पचीस तारीख़ का चैक बनवा दीजिए, और एक बात याद रखिएगा कि चैक बाउंस होना आजकल कानूनी अपराध है। मेरे-आपके सम्बन्ध तो बहुत अच्छे हैं सो मैं तो रिपोर्ट नहीं करूँगा लेकिन हमारे नए बॉस पांडे साहब इस मामले में कोई मुरव्वत नहीं करते। अभी परसों ही बांदा वाले डीलर पर मुकदमा ठोंका गया है।"

मेहरा साहब समझ गए थे कि इस बार उन्हें वैल्यू विज़न कम्पनी का पैसा चुकाना ही पड़ेगा। "तो फिर चैक-वेक छोड़िए आप पूरा कैश ही ले लीजिए।" यह कहकर मेहरा साहब ने अपनी पूरी आउटस्टैंडिंग एक झटके में निबटा दी।

सुनील बहुत ख़ुश था। उसको मालूम था कि उसके बॉस उससे बहुत ख़ुश होनेवाले हैं। शाम के आठ बज चुके थे। सुनील अपने होटल वापस आया और उसने इंटरनेट पर अगले दिन सुबह की बस का टिकट बुक कर लिया।

सुनील की बस साढ़े पाँच बजे की थी। उसने होटल के रिसेप्शन पर कॉल करके पूछा, "सुबह बस स्टैंड जाने के लिए कोई सवारी मिल जाएगी?"

"हाँ साहब, आप कहिये तो पास के ऑटो स्टैंड से ऑटो बुलवा देंगे?" रिसेप्शन पर बैठे हुए व्यक्ति ने कहा।

"ठीक है, साढ़े चार बजे बुलवा लेना," कहकर सुनील सोने चला गया।

अगले दिन सुबह जब सुनील की नींद खुली तो साढ़े चार बज चुके थे। वो जल्दी-जल्दी तैयार होकर बाहर आया।

एक ऑटोवाला पोर्टिको में उसका इन्तज़ार कर रहा था। "आप ही को बस स्टैंड जाना था?"

"हाँ, कितना लोगे?" सुनील ने पूछा।

"वैसे तो सौ रुपए का रेट है लेकिन आप जो मर्ज़ी आए दे देना साहब।" ऑटोवाला शरीफ़ लग रहा था।

सुनील के पास मोल-भाव का समय नहीं था। वो तुरन्त ऑटो पर बैठा और बोला, "ठीक है, ज़रा तेज़ चलाना।" सुनील ने अपना सामान बगल की सीट पर रख लिया। कुछ देर में सुनील को महसूस हुआ कि उसका ऑटो शहर से दूर किसी सूनी सड़क पर आ गया है।

"ये तो बस स्टैंड का रास्ता नहीं है?" सुनील ने पूछा।

ऑटोवाले ने कोई उत्तर नहीं दिया बल्कि रफ़्तार बढ़ा दी।

"गाड़ी रोको।" सुनील को कुछ शक़ हुआ, ऑटोवाले ने सुनील की बात की कोई परवाह नहीं की और वो आगे बढ़ता गया। कुछ ही देर में ऑटो बुंदेलखंड की पहाड़ियों के बीच पहुँच गया और वहाँ एक तीव्र मोड़ पर ऑटोवाले ने ऑटो को ऐसा मोड़ा कि एक झटके में सुनील ऑटो से बाहर जा गिरा।

इससे पहले सुनील कुछ समझता, ऑटोवाला सुनील का सामान लेकर अपने ऑटो से चम्पत हो चुका था। यानी बैग में रखे हुए दस लाख रुपए भी उसके हाथ निकल गए थे।

सुनील को चक्कर-सा आया और वो कुछ देर ज़मीं पर यूँ ही पड़ा रहा। सुनसान सड़क पर इतनी सुबह कोई सवारी भी नहीं गुज़र रही थी। थोड़ा संयत होने पर सुनील ने अपना फ़ोन निकाला और किसी तरह हिम्मत करके अभिनव पांडे को कॉल किया। वो बहुत डरा हुआ था। जितना वो अभिनव पांडे को जानता था उसको लग रहा था कि दस लाख की रक़म उससे ही वसूली जाएगी।

"हाँ बोलो सुनील, इतनी सुबह-सुबह? सब ठीक है ना?" अभिनव पांडे थोड़ा चिन्तित दिखे।

"नहीं सर, कुछ भी ठीक नहीं है।" और सुनील ने पूरी घटना का ब्योरा डरते-डरते अपने बॉस को दे दिया।

सुनील की आशंका के विपरीत पांडे जी ने दस लाख खोने पर चिन्ता नहीं दिखाई बल्कि पूछा, "तुम्हे कोई गम्भीर चोट तो नहीं आई, किसी साधन से पासवाले हॉस्पिटल जाओ और अपना फर्स्ट ऐड करवा लो। एफ.आई.आर. उसके बाद कर देना।" अभिनव पांडे एक बॉस की तरह नहीं, एक अभिभावक की तरह बोले, "पैसों के खोने की चिन्ता मत करना, इतनी बड़ी कम्पनी के लिए दस लाख इतनी बड़ी भी रक़म नहीं है।"

पांडे जी से बात करने के बाद सुनील काफ़ी बेहतर महसूस कर रहा था।

इस घटना के लगभग दो हफ़्ते बाद अभिनव पांडे ने सुनील को अपने केबिन में बुलाया।

"बैठो, पानी पियोगे?" पांडे जी ने पानी का गिलास सुनील की तरफ़ बढ़ाया।

"नहीं सर, आपकाम बताएँ," सुनील बोला।

"पानी पी लो, शायद तुम्हें इसकी ज़रूरत पड़े।" पांडे जी का वाक्य सुनकर सुनील थोड़ा घबड़ाया। उसने किंकर्तव्यविमूढ़ होकर पानी का गिलास हाथ में ले लिया। जब तक सुनील पानी पीता, पांडे जी ने अपनी दराज़ से एक काग़ज़ निकाला और कहा, "सुनील, इस काग़ज़ पर मुझे आपके ऑटोग्राफ़ चाहिए।"

काग़ज़ को पढ़कर सुनील के पैरों के नीचे से ज़मीन खिसक गई। उस काग़ज़ पर सुनील का इस्तीफ़ा लिखा हुआ था।

"ये क्या है सर?" सुनील ने पूछा।

"ये वही है जो आप इसको समझ रहे हैं। आप इस काग़ज़ पर दस्तख़त करके अपने पास रखे रहिये। मैं ख़ुद ही आपको ऐसा कारण बताऊँगा जो आपको ये त्याग-पत्र मुझे देने को मजबूर कर देगा।"

सुनील की जुबाँ पर बर्फ़ जम गई थी। उसने इस्तीफ़े पर दस्तख़त कर दिए।

"तो अच्छी ख़बर ये है सुनील बाबू कि पुलिस ने उस ऑटोवाले को पकड़ लिया है जो आपका सामान लेकर भाग गया था। उसने अपना जुर्म क़ुबूल कर लिया है और लगभग आठ लाख रुपए भी उसके पास से बरामद हो गए हैं।" सुनील के चेहरे पर एक हल्की-सी मुस्कान आई।

"ये तो बहुत अच्छी बात है सर लेकिन फिर ये इस्तीफ़ा क्यों?"

"उस ऑटोवाले ने अपने इक़बाल-ए-जुर्म में ये स्वीकार किया है कि उसने पौने पाँच बजे आपको होटल से पिक किया था।"

"जी सर, बिलकुल सही, मुझे निकलने में थोड़ी देर ज़रूर हुई थी पर क्या उस वजह से यह इस्तीफ़ा?" सुनील बोला।

"नहीं जी, असल में ऑटोवाले ने बताया कि उसने आपको 'जनता लॉज' से पिक किया था जिसका किराया आठ सौ रुपए है और अपने टूर बिल में आपने होटल इम्पीरियल का बिल लगाया है जिसका किराया चार हज़ार रुपए है।"

सुनील ने तुरन्त ही अपना इस्तीफ़ा पांडे जी को पकड़ा दिया।

मिठाई का डिब्बा

जौहरी साहब को लगभग पच्चीस साल हो गए थे नौकरी करते हुए। पीडब्ल्यूडी में असिस्टेंट इंजीनियर के पद से उन्होंने अपनी सेवा की शुरुआत की थी और अपनी मेहनत और ईमानदारी के बल पर आज वो चीफ़ इंजीनियर हो गए थे।

तमाम ज़िलों में काम करने के बाद प्रदेश की राजधानी में पोस्टिंग का अपना मज़ा था। बड़ा-सा बंगला, शानदार ऑफ़िस, बेहतरीन कार, तमाम मातहत और चपरासी उनकी सेवा में लगे हुए थे।

जौहरी साहब ने कुछ दिनों तक तो सरकारी नौकरी के ठाठ उठाए लेकिन कुछ ही दिन में उनको अपना पद खलने लगा। आए दिन कोई-न-कोई ठेकेदार अपना टेंडर पास कराने के लिए बेशर्मी से रिश्वत की पेशकश कर देता था।

जौहरी साहब ने आज तक एक भी पैसा रिश्वत के तौर पर नहीं लिया था। धीरे-धीरे यह बात सभी ठेकेदारों को पता भी चल गई थी।

जौहरी साहब की लखनऊ पोस्टिंग के कुछ ही दिन बाद दीपावली पड़ी। जौहरी साहब को पता था कि दीपावली के बहाने बहुत से लोग उनको ऑब्लाइज़ करने की नीयत से महँगे उपहार देने की कोशिश करेंगे।

उन्होंने अपनी पत्नी से पूछा, "रेणु क्या किया जाए? दीपावली पर कहीं और चलें क्या? यहाँ रहेंगे तो मुसीबत हो जाएगी।"

"दीपावली पर अपना घर छोड़कर बाहर कौन जाता है?" उनकी पत्नी रेणु ने कहा। "और दीपावली की मिठाई तो शुभ होती है। आप कहाँ तक मना करेंगे? आने दीजिए। अपने घर पर और आपके ऑफ़िस में बहुत से लोग काम करते हैं, उनको बाँट देंगे।" रेणु जी ने एक अच्छा समाधान निकाल दिया था।

जौहरी साहब को भी यह आभास हो गया था दीपावली में मिठाई के डिब्बे आना एक सामाजिक रीति और शिष्टाचार का हिस्सा है सो उन्होंने अपने घर आनेवाले

हर ठेकेदार से मिठाई का डिब्बा स्वीकार करने का मन बना लिया। धनतेरस वाले दिन से ही मिठाई के डिब्बे आने शुरू हो गए। शाम तक आते-आते घर में कम-से-कम तीस डिब्बे आ चुके थे।

"रेणु, इन डिब्बों को अपने यहाँ काम करनेवालों में बाँट दो।"

रेणु जी का दिल तो नहीं कर रहा था कि इतनी मिठाई के डिब्बे काम करनेवालों को बाँटे जाए पर उनको जौहरी साहब का स्वभाव पता था।

"डिब्बे चेक कर लेती हूँ। अगर किसी में कुछ आपकी पसन्द की मिठाई हुई तो घर के लिए रख लेंगे, नहीं तो बाँट देंगे।" रेणु जी ने अपनी नीयत को छुपाते हुए कहा।

अगले आधे घंटे तक रेणु जी मिठाई के डिब्बों को छाँटती रहीं। काजू, पिस्ते, बादाम की महँगी मिठाइयों को उन्होंने अपने घर के लिए रख लिया और खोया, बेसन एवं छेने की मिठाई बाँटने के लिए अलग निकाल दी। "पन्द्रह सौ-दो हज़ार रुपए किलो की मेवों की मिठाई खिलाकर काम करनेवालों की आदत और पेट थोड़ी ख़राब करना है।" रेणु जी ने मन-ही-मन सोचा।

रेणु जी ने जब चौबीसवाँ या पचीसवाँ डिब्बा खोला तब उनकी आँखें फटी-की-फटी रह गईं। एक किलो के डिब्बे में बड़े क़रीने से दो हज़ार रुपए की पन्द्रह-बीस गड्डियाँ लगी हुई थीं। नए, चमचमाते, करारे, गुलाबी नोट...

एक बार तो रेणु जी का मन हुआ इस डिब्बे को चुपचाप वह अपनी अलमारी में रख लें लेकिन ईमानदार अफ़सर की पत्नी को भी ईमानदार होना पड़ता है।

"जौहरी साहब," रेणु जी ने अपने पति को आवाज़ दी, "देखिए यह क्या निकला है मिठाई के डिब्बे में।"

नोटों की गड्डियाँ देखकर जौहरी साहब का चेहरा लाल हो गया। उन्होंने फ़ौरन डिब्बे में लगे हुए कार्ड को देखा।

"यह डिब्बा शक्ति इंजीनियर्स का एमडी वार्ष्णेय देकर गया है।"

जौहरी साहब ने तुरन्त अपने असिस्टेंट इंजीनियर गुप्ता को फ़ोन लगाया। उनको गुप्ता और वार्ष्णेय की नजदीकियों का आभास था।

"गुप्ता, तुरन्त मेरे घर आओ और अपने दोस्त वार्ष्णेय का मिठाई का डिब्बा वापस लेकर जाओ। उनकी कम्पनी आज से ब्लैकलिस्टेड रहेगी और दीपावली के तुरन्त बाद शक्ति इंजीनियर्स की सभी डीलिंग्स की फ़ाइलें मेरी मेज़ पर होनी चाहिए।"

"अब तो शक्ति इंजीनियर के वार्ष्णेय की ख़ैर नहीं।" जौहरी साहब अभी भी तमतमाए हुए थे। "बहुत हो गया, कल से घर में मिठाई के डिब्बे भी नहीं आएँगे।" जौहरी साहब ने अपनी पत्नी को आदेश दिया।

"आप कभी भी प्रैक्टिकल होकर नहीं सोचते हैं। आज जो लोग आपको मिठाई का डब्बा दे गए हैं उन्होंने अपने सर्किल में इसकी चर्चा भी की होगी। कई लोग कल और दीपावली वाले दिन आपसे मिलने आएँगे तो क्या घर के बाहर का गार्ड उनसे मिठाई का डब्बा छीन लेगा या वापस गाड़ी में रखवाएगा? ऐसे में तो वो लोग बहुत अपमानित महसूस करेंगे।" रेणु जी का कहना ठीक था। "ठीक कहती हो। दीपावली भर तो यह तमाशा झेलना पड़ेगा लेकिन मिठाई के डिब्बे के अन्दर लाखों रुपए रखे हों, यह बात भी ठीक नहीं है।"

कुछ देर सोचने के बाद जौहरी साहब बोले, "गुड्डू कहाँ है?"

गुड्डू लगभग सोलह साल का लड़का था। वो रेणु जी के मायके का रहनेवाला था और एक हफ़्ते पहले ही जौहरी साहब के घर पर काम करने आया था। गुड्डू की कई पीढ़ियों ने रेणु जी के घर की सेवा की थी। वह निश्चित रूप से भरोसे का आदमी था।

"गुड्डू बेटा, कल सुबह से तुम्हारी एक ड्यूटी है। कल से जितने लोग भी हमसे मिलने आएँगे अगर वह अपने साथ मिठाई का डिब्बा लाए हों तो तुम चुपचाप वो डिब्बा उठाकर किचन में ले जाना और उसमें खोलकर देखना कहीं मिठाई की जगह रुपए या सोने-चाँदी के सिक्के तो नहीं रखे। और यदि ऐसा हो तो तुरन्त आकर हमें बताना।" जौहरी साहब ने गुड्डू को निर्देश दे दिए।

नरक चौदस के दिन सुबह-सुबह देवराज सिंह, जौहरी साहब से मिलने आए। देवराज सिंह बड़े ठेकेदार थे। राजनीति, मीडिया से लेकर ब्यूरोक्रेसी और पुलिस में भी उनकी अच्छी पकड़ थी। देवराज सिंह अपने साथ मिठाई का एक बड़ा डिब्बा लेकर आए थे जिसे उन्होंने आते ही ड्राइंग रूम की सेंटर टेबल पर रख दिया।

"नमस्ते साहब, चाय लेइहें या कॉफी?" यह पूछते हुए गुड्डू ने ड्राइंग रूम में प्रवेश किया।

"एक कप चाय पी जा सकती है," देवराज सिंह बोले। उन्हें लगा इसी बहाने कुछ देर नए चीफ़ इंजीनियर साहब से बातचीत करने का मौक़ा मिल जाएगा।

"जी साहब अबहिन ले आते हैं," गुड्डू बोला और फिर उसने अपने मालिक के आदेशानुसार देवराज सिंह का लाया हुआ मिठाई का डिब्बा उठाया और उसे

किचन में ले गया। कुछ ही देर बाद गुड्डू हक्का-बक्का बाहर आया और बोला, "साहब, जौन डब्बा ई साहब लाए हैं ना," गुड्डू ने देवराज सिंह की ओर इशारा करते हुए कहा, "उहका हम चेक करके देखा, ऊ मा बस मिठाई-ही-मिठाई निकली है, कोई रुपया या सोने का सिक्का नहीं निकला है।"

जौहरी साहब और देवराज सिंह दोनों ही अलग-अलग कारणों से एक-दूसरे से नज़रें चुरा रहे थे। गुड्डू अपनी ड्यूटी पूरी करके बहुत सन्तुष्ट था।

डब्बू

अंजना जी को पशु-पक्षियों से बहुत प्रेम है। गरमी आते ही उनके घर के बाहर पशुओं और पंछियों के लिए पानी रख दिया जाता है। वो उन तमाम संस्थाओं की सदस्य हैं जो जानवरों को मुफ़्त इलाज और दवाइयाँ मुहैया कराती हैं।

एक दिन वो मुझे एक कार्यक्रम में मिलीं तो बोलीं, "शेखर जी, मेरे दोनों बच्चे बाहर पढ़ने चले गए हैं तो घर सूना हो गया है। सो हमने सोचा है कि हम एक कुत्ते के पिल्ले को गोद लेंगे।" मुझे अंजना जी की बात सुनकर बहुत अच्छा लगा। ये कितनी अच्छी बात है किसी के दिल में जानवरों के लिए भी इनसानों जैसी संवेदना हो!

"आप इस काम में मेरी कुछ मदद करेंगे?" अंजना जी ने मुझसे पूछा।

"क्या आप ऐसे किसी कैनल क्लब को जानते हैं जहाँ से मुझे एक पप्पी मिल जाए?"

"ज़रूर।" अंजना जी सक्षम महिला हैं और उनके घर में एक जानवर अच्छे से पल जाएगा यह सोचकर मैंने तुरन्त अपने मित्र सौमित्र को फ़ोन करके अगले दिन का अपॉइंटमेंट ले लिया।

सौमित्र का लखनऊ से क़रीब तीस किलोमीटर दूर सुल्तानपुर रोड पर एक फ़ार्महाउस था।

अंजना जी अगले दिन नियत समय पर अपनी गाड़ी लेकर मुझे पिक करने आ गईं। उनकी गाड़ी में एक पैकेट में कॉलर, लीश और डॉग फ़ूड रखा था

"मैंने पहले से ही सारी तैयारी कर ली है।" अंजना जी काफ़ी उत्साहित दिख रही थीं।

सौमित्र के फ़ार्महाउस में हमने अद्भुत नजारा देखा।

सैकड़ों अलग-अलग उम्र और ब्रीड के कुत्ते एक बहुत बड़े क्षेत्र में विचरण कर रहे थे। वे दौड़ रहे थे, खा रहे थे, लेटे हुए थे या आपस में खेल रहे थे।

एक अलग ही निश्छल दुनिया थी उनको।

"नमस्कार अंजना जी, मैं आपकी क्या मदद कर सकता हूँ?" सौमित्र ने गर्मजोशी के साथ अंजना जी का स्वागत किया।

"सौमित्र जी, मैं आपसे बहुत प्रभावित हूँ आप कितना नेक काम कर रहे हैं!"

"हम स्वयं नेक काम कहाँ करते हैं। ये सब तो ईश्वर हमसे करवाता है," सौमित्र बोला, "शेखर ने मुझे बताया कि आपको भी पशु-पक्षियों से बहुत प्रेम है। मुझे ऐसे लोगों से मिलकर अत्यधिक आनन्द की अनुभूति होती है।"

"मेरे दोनों बच्चे विदेश में पढ़ते हैं। घर में मेरे पति और मैं, बस यही दो लोग हैं। एक तो हमारे घर में जगह बहुत है और दूसरा हमारे पास काफ़ी समय भी है। सो हम चाहते हैं एक छोटा-सा पपी हमारे परिवार का हिस्सा बने।"

"बहुत ही नेक ख़याल है आपका," सौमित्र बोला और उसने इशारा करके एक छोटे-से प्यारे-से पिल्ले को अपने पास बुलाया।

"यह हमारे फार्म का सबसे दुलारा पपी है। टाइगर नाम है इसका। प्यार का भूखा है, आपके घर जाकर बहुत ख़ुश रहेगा।"

टाइगर और अंजना जी की नज़रें मिल गईं। जहाँ टाइगर अंजना जी में माँ का वात्सल्य ढूँढ़ रहा था वहीं अंजना जी टाइगर के दुबले शरीर को टटोलकर उसकी पेडेग्री खोज रही थीं। दुम, नाक, कान और मुँह...अंजना जी ने सभी को बहुत ग़ौर से देखा और फिर पूछा, "सौमित्र जी, इस कुत्ते की ब्रीड कौन सी है?"

"जी, मुझे इसकी नस्ल तो नहीं मालूम। मेरी टीम का कोई सदस्य इसे सड़क से ही उठाकर लाया होगा। क्यों? आपको अच्छा नहीं लगा?"

"नहीं, अच्छा तो बहुत है।" अंजना जी बोलीं।

"लेकिन आपके पास कोई ऊँची नस्ल वाला पपी नहीं है क्या?"

"क्यों नहीं... हमारे पास ऊँची नस्ल वाले कुत्ते भी हैं। आपको कौन सा चाहिए?" सौमित्र ने अंजना जी का मन पढ़ लिया था।

"मुझे कुत्तों के बारे में बहुत जानकारी तो नहीं है लेकिन मैंने अपनी किट्टी में लोगों से सुना है कि जर्मन शेफ़र्ड काफ़ी अच्छे होते हैं।" अंजना जी ने अपना सीमित ज्ञान बघारा।

"आपने सही सुना है," सौमित्र ने जवाब दिया।

"मेरे पास इस नस्ल का एक पिल्ला है।"

"यह तो बहुत बढ़िया है। मेरा काम बन जाएगा।"

"आप एक मिनट रुकिए, मैं आपके लिए जर्मन शेफ़र्ड लेकर आता हूँ।" सौमित्र यह कहकर थोड़ी देर के लिए कुत्तों के बीच चला गया। थोड़ी देर में वो एक गठे हुए बदनवाले पिल्ले के साथ लौटकर आया।

"अंजना जी, देखिए ना, कितना बढ़िया पिल्ला है। एकदम प्योर पेडिग्री, बहुत स्वस्थ और समझदार।"

अंजना जी का दिल उस छोटे-से पिल्ले पर आ गया।

"क्या नाम है इसका?" उन्होंने ममता भरे स्वर मे पिल्ले को पुचकारते हुए पूछा।

"डब्बू," सौमित्र ने जवाब दिया।

"डब्बू देखो, तुम्हारी नई मालकिन आई हैं।"

सौमित्र की बात सुनकर डब्बू ने अंजना जी की ओर देखा और फिर वो सौमित्र की ओर देखकर मिमियानेवाले स्वर में भौंकने लगा।

"लगता है आपसे कुछ कह रहा है?" अंजना जी बोलीं।

"हाँ, सही कह रही हैं आप, रुकिए।" यह कहकर सौमित्र ने डब्बू को अपनी गोदी में उठा लिया और उसके मुँह के पास अपना कान ले गया।

"ओके, ओके।" सौमित्र ने डब्बू के कान में बोला जैसे वो डब्बू की बात का जवाब दे रहा हो।

"क्या कह रहा है डब्बू?" अंजना जी ने मुस्कराते हुए पूछा। उनकी जिज्ञासा बढ़ गई थी।

"ये कह रहा है..." सौमित्र ने जवाब दिया, "कोई अच्छी नस्ल वाली मालकिन नहीं हैं क्या?"

लल्लन

अब मैं आपको जो कहानी सुनाने जा रहा हूँ, उसका अन्त पहले ही बता देता हूँ। बुधिया का तीसरा बेटा लल्लन देश के एक प्रमुख कॉलेज से सरकारी स्कॉलरशिप की मदद से इंजीनियरिंग की पढ़ाई कर रहा है।

और अब कहानी का आरम्भ।

लगभग तीन साल पहले की बात है। गोंडा ज़िले के जरवल गाँव में बुधिया नाम का एक किसान था। किसान तो वह क्या ही था मात्र दो बीघा ज़मीन थी जिस पर वह थोड़ी-बहुत खेती करके अपने परिवार का भोजन मात्र जुटा पाता था। गाहे-बगाहे उसको कुछ क़र्ज़ भी लेना पड़ता था जिसका ब्याज चुका पाना भी उसके लिए मुश्किल हो जाता था।

बुधिया के चार बच्चे थे। सबसे बड़ा माधो, फिर रानी, उसके बाद लल्लन और सबसे छोटा मटरू।

शुरू में तो उसके चारों बच्चे सरकारी स्कूल में जाते थे लेकिन बुधिया के पास उनकी फ़ीस का भी पैसा नहीं निकल पा रहा था, सो उसने एक-एक करके उनका स्कूल छुड़वा दिया और उनको आसपास के खेतों में मजदूरी करने को भेज दिया।

बुधिया का तीसरा लड़का लल्लन पढ़ने में तेज़ था। बुधिया ने कुछ सालों तक लल्लन को अकेले स्कूल भेजा। लल्लन ने भी कमाल दिखाया और दसवीं की बोर्ड परीक्षा में वह पूरे ज़िले में अव्वल आया।

लल्लन इंटरमीडिएट में विज्ञान की पढ़ाई करना चाहता था लेकिन ग्यारहवीं कक्षा में विज्ञान की फ़ीस बहुत अधिक थी जो बुधिया के बस की नहीं थी।

जिस दिन बुधिया ने लल्लन की फ़ीस जमा नहीं की उस दिन स्कूल के मास्टर घर आ धमके और बोले, "बुधिया, कम-से-कम एक बच्चा का तो पढ़ाय लेओ, का पता आगे चलकर अच्छी नौकरी पा जाए और तोहरा परिवार तर जाए?"

"नहीं मास्टर जी, लल्लन अब बड़ा हुईगा है और जरूरत भर का पढ़ भी चुका, ऊका खुराकऊ बढ़ गई है। तीन बच्चे घर के लिए कमाएँ और चौथा सिर्फ खर्च करे तो यह ठीक नहीं बा।"

बुधिया ने मास्टर जी को उलटे पाँव वापस भेज दिया। अगले दिन जब लल्लन स्कूल जाने के लिए तैयार होने लगा तो बुधिया चिल्लाया, "उतारो आपन स्कूल की ड्रेस और जाई के ठाकुर साहेब के खेत मा बुवाई करो।"

"नहीं बप्पा, अबहिन हम पढ़िबै," लल्लन थोड़ा ज़िद्दी स्वर में बोला।

"का बोले, पढ़िबो? फीस को जमा करि, तोहार चचा?" बुधिया ने बड़े ही अक्खड़ अन्दाज़ में पूछा।

उसी समय बुधिया की बीवी और उसके बाक़ी के तीन बच्चे माधो, रानी और मटरू भी आ गए। माधो बोला, "हम तीनों डबल ड्यूटी मा मजूरी करके इतना कमा लेंगे कि लल्लन की फीस का पैसा निकल जाए, ऊ पढ़ने में तेज है का पता कल बड़ा अफ़सर बन जाए।"

"लल्लन स्कूल से पढ़कर आए तो हमका और मटरुआ को भी पढ़ा देगा," अबकी रानी बोली।

मटरू ये सब बातें समझने के लिए बहुत छोटा था सो वह मन्द-मन्द मुस्कराने लगा। अन्दर-ही-अन्दर बुधिया भी चाहता था कि लल्लन पढ़ने जाए। उसको अगर अपने बच्चों में से किसी से उम्मीद थी तो वह लल्लन ही था। बुधिया ने मन-ही-मन सोचा कि एक बच्चे की फ़ीस में वो रानी और मटरू को भी पढ़ा लेगा। वो कुछ बोला नहीं और चुपचाप जाकर पासवाले नीम के पेड़ के नीचे बैठकर बीड़ी फूँकने लगा। थोड़ी देर में लल्लन बड़ी शान से राजा की तरह स्कूल की ओर चल पड़ा और उसके पीछे-पीछे माधो, रानी और मटरू उसके दरबारी जैसे उसको स्कूल छोड़कर आए।

लगभग एक बरस बाद एक दिन बुधिया ने महसूस किया कि लल्लन का वज़न कुछ कम हो रहा है। पहले तो उसको लगा कि शायद कक्षा बारहवीं में होने के कारण लल्लन के ऊपर पढ़ाई का बोझ है लेकिन कुछ ही दिन बाद लल्लन की भूख भी कम होती गई और वह अकसर कमज़ोरी और बुख़ार की शिकायत करने लगा।

बुधिया ने दो-तीन हफ़्ते तक वैद्य जी की दवाई करवाई लेकिन कोई सुधार नहीं दिखने पर वह लल्लन को ज़िला अस्पताल ले गया।

ज़िला अस्पताल के डॉक्टर ने एक हफ़्ते की दवाई तो लिख दी लेकिन साथ में यह भी कहा, "इसका इलाज यहाँ नहीं हो पाएगा, इसको लखनऊ ले जाओ।"

बुधिया ने जब पूछा क्यों, तो डॉक्टर बोला, "तुम्हारे क्यों का जवाब तुमको लखनऊ का डॉक्टर ही देगा। इसे जल्दी-से-जल्दी इलाज की ज़रूरत है। इसे लखनऊ मेडिकल कॉलेज के डॉक्टर देव के पास ले जाओ।" ज़िले के डॉक्टर ने लखनऊ के डॉक्टर देव के नाम एक पत्र लिखकर दे दिया।

"लखनऊ में इलाज कराने में पैसा कित्ता लग जाई डॉक्टर साहेब?" बुधिया ने सहमे स्वर में पूछा।

"तुम लोगों का यही है। यहाँ बच्चे की तबीयत खराब है और तुमको पैसे की पड़ी है, जैसे भी हो पहले इलाज कराओ। पैसा तो आता-जाता रहेगा।"

बुधिया ने मन-ही-मन सोचा पैसा कभी आता तो है नहीं, जाता ही रहता है।

लखनऊ पहुँचने पर डॉक्टर देव ने लल्लन की बहुत सारी जाँचें लिख दीं और उसके बाद तमाम दवाएँ और तरह-तरह के मेडिकल उपकरण मँगवाए। बुधिया की जेब से जो पैसे निकलने शुरू हुए तो निकलते ही रहे। आख़िरकार बुधिया को इलाज का ख़र्च उठाने के लिए अपना खेत बेचना ही पड़ गया लेकिन तब भी लल्लन की हालत सुधर नहीं रही थी। अब बुधिया को भी समझ में आ गया था लल्लन को कोई गम्भीर बीमारी हो गई है।

एक दिन उसने नर्स से पूछ ही लिया, "डॉक्टर देव कौन बीमारी के डॉक्टर हैं?"

"कैंसर के," नर्स ने जवाब दिया।

बुधिया का दिल धक से रह गया। वो सीधे डॉक्टर के पास गया और बोला, "डाक्टर साहेब कौनो उम्मीद बची है कि नाहीं?"

"हम कोशिश तो कर रहे हैं लेकिन कुछ भी कहना मुश्किल है। तुम्हारे बेटे को आँत का कैंसर है।"

बुधिया की सारी हिम्मत पस्त हो गई। वो बोला, "कित्ता दिन चलिहे ओकरी साँस?"

"कैसी बातें कर रहे हो? हम डॉक्टर हैं भगवान नहीं। जब तक आख़िरी साँस रहेगी। हम कोशिश करेंगे।"

"तब भी महीना, दो महीना, तीन महीना?" बुधिया ने पूछा।

डॉक्टर देव समय की गारंटी देने की स्थिति में नहीं थे। "एक दिन से लेकर कुछ महीने...कुछ भी हो सकता है।"

बुधिया को उस रात नींद नहीं आई और वो सुबह-सुबह अस्पताल पहुँचा और बोला, "हम बिटवा को गाँव ले जाएँगे डॉक्टर साहब, आगे का इलाज हमारे वैद्य जी करेंगे।"

"बुधिया, कैसी पागलों जैसी बात कर रहे हो? इस बीमारी का इलाज कोई वैद्य-हकीम नहीं कर सकता। माना कि उम्मीद कम है लेकिन मैं मरीज को ले जाने की इजाज़त एकदम नहीं दे सकता।"

बुधिया अब ज़िद पर अड़ गया "नहीं, हम ले जाएँगे।"

"तुम लोग अपने बच्चों की जान से कैसे ऐसा खिलवाड़ कर सकते हो? अरे अनपढ़-गँवार, समझते क्यों नहीं? जब तक यह जीवित है हमें हर सम्भव प्रयास करना चाहिए।" डॉ. देव को बुधिया पर बहुत ग़ुस्सा आ रहा था। "आख़िर क्यों तुम इसे यहाँ से ले जाने को ज़िद कर रहे हो?"

बुधिया चुपचाप डॉक्टर साहब की डाँट सुनता रहा, फिर वो धीरे से बोला,

"डॉक्टर साहब, हमरे पास अब कौनो खेत नहीं बचा है खर्चा उठाने को। बात को समझो। अबहिन जब तक लल्लन जिन्दा है तो जरवल तक बस का किरावा सत्तर रुपया देकर पहुँच जाएगा लेकिन जब कल यह नहीं रहा तो एकर लाश गाड़ी में ले जाए के पड़ी, जो तीन-चार हजार की रकम लै लेई। ऊ हम कहाँ से लाएँगे?" यह कहकर बुधिया फूट-फूटकर रोने लगा। बुधिया के इस कथन ने डॉक्टर देव सहित उनके पूरे स्टाफ़ की अन्तरात्मा को झकझोर के रख दिया।

डॉक्टर देव को बुधिया की बात सुनकर अपनी सारी दौलत बेमानी लगने लगी। उन्होंने तुरन्त मुम्बई के टाटा अस्पताल में कार्यरत अपने मित्र विश्वविख्यात कैंसर विशेषज्ञ डॉक्टर मुखर्जी को फ़ोन लगाया और कहा, "एक मरीज़ भेज रहा हूँ, जिसके इलाज का ख़र्चा मैं उठाऊँगा।"

चौदह लेफ़्ट-चौदह राइट

इलाहाबाद के पास गंगा-सतलज एक्सप्रेस दुर्घटनाग्रस्त हो गई थी। चारों तरफ़ वेदनाओं और कराहों का हाहाकार मचा हुआ था। घायलों को जैसे-तैसे अस्पताल लाया जा रहा था।

अस्पताल में डॉक्टर्स की कमी थी और एक-एक डॉक्टर के जिम्मे कम-से-कम दो सौ घायल थे। डॉक्टर अपने हिसाब से उनको देख रहे थे। कुछ सेवा भाव से और कुछ बहुत अमानवीय तरीके से।

चूँकि अस्पताल में बेड्स की कमी थी तो डॉक्टरों ने मरीजों को तीन वर्ग में विभाजित कर दिया था। जिनको मामूली चोटें आई थीं उन्हें बस किसी तरह से जनरल वार्ड, लॉबी या कहीं पर भी बैठने या लेटने की जगह दे दी गई थी। जिनकी चोटें थोड़ी गम्भीर थीं उन्हें प्राइवेट वार्ड में एक ही बेड पर तीन से चार लोगों के साथ लिटा दिया गया था। हाँ, जो लोग नाज़ुक हाल में थे उन्हें आई.सी.यू. में रखा गया था—एक बेड पर केवल दो मरीज़। मरीजों की यात्रा श्रेणी का यहाँ कोई महत्त्व नहीं रह गया था। चूँकि इतने अधिक लोग अस्पताल में लाए जा रहे थे और अधिकतर गम्भीर रूप से घायल थे तो किसी का भी नाम-पता नोट कर पाना सम्भव नहीं था।

डॉक्टर दवाई और इलाज बेड के अनुसार लिखकर नर्स और वार्ड बॉय को दे रहे थे और बेड पर यदि दो व्यक्ति थे तो उनको लेफ़्ट और राइट का नाम दिया गया था। मसलन एक नम्बर बेड का एक व्यक्ति वन-लेफ़्ट और दूसरा वन-राइट।

चौदह नम्बर बेड पर जो दो व्यक्ति थे उन दोनों की उम्र लगभग पैंसठ-सत्तर वर्ष की थी।

चौदह-राइटवाले व्यक्ति की दोनों टाँगें टूटी थीं और उसके पैरों पर कच्चा प्लास्टर चढ़ा दिया गया था। चौदह-लेफ़्ट के सर पर गम्भीर चोट आई थी और

उसका पूरा चेहरा पट्टियों से ढका हुआ था। चौदह-राइट ने पिछले कई घंटों से चौदह-लेफ़्ट के मुँह से ज़रा सी भी आवाज़ नहीं सुनी थी। उसको ये भी नहीं मालूम था वो ज़िन्दा भी है या नहीं।

"पानी," चौदह-लेफ़्ट ने क्षीण स्वर में कहा जो केवल चौदह-राइट ही सुन पाया। कोई भी जवाब न मिलने पर उसने फिर कहा, इस बार अपनी पूरी ताक़त लगाकर, "पानी..." लेकिन इस बार भी उसकी आवाज़ डॉक्टर, नर्स या वार्डबॉय ने नहीं सुनी।

चौदह-राइट ने अपने साथी की नाज़ुक स्थिति को देखते हुए थोड़ी कड़क आवाज़ में वार्ड बॉय से कहा, "क्यों, तुम्हें सुनाई नहीं पड़ रहा क्या? इन्होंने दो बार पानी माँगा है।"

वार्ड बॉय ने बहुत ही रूखे स्वर में जवाब दिया, "यहाँ लोगों को दवाई देने की फ़ुर्सत है नहीं, पानी कहाँ से लाऊँ?"

चौदह-राइट ने समझ लिया कि अस्पताल के स्टाफ़ से उम्मीद करना बेकार है। चौदह-लेफ़्ट ने एक बार फिर पानी माँगा और अब धीरे-धीरे उसकी साँस टूटती जा रही थी। उसे पानी की सख़्त आवश्यकता थी।

चौदह-राइट ने अपनी नज़र कमरे के चारों तरफ़ दौड़ाई और देखा कि कुछ दूर एक मेज़ पर एक पानी की बोतल रखी थी।

दोनों टूटी हुई टाँगों से उस बोतल तक पहुँचना मुश्किल था लेकिन चौदह-राइट हिम्मत करके अपने बेड से उतरा और उसने बोतल की तरफ़ ज़मीन पर ही घिसटना शुरू कर दिया। तब तक एक नर्स की नज़र उस पर पड़ी, "टाँग तोड़कर जी नहीं भरा क्या जो मरना चाहते हो, क्या चाहिए तुम्हें?

"मुझे नहीं, मेरे साथी को पानी चाहिए," चौदह-राइट ने सहमी हुई आवाज़ में कहा।

"तो वो ख़ुद क्यों नहीं माँगता?" नर्स ने झींकते हुए कहा।

"उसके बदन में इतनी ताक़त नहीं रह गई है तो मैंने सोचा कि मैं उसकी मदद कर दूँ," चौदह-राइट ने कहा

"बड़े आए मदद करनेवाले। अपनी ज़िन्दगी और मौत का ठिकाना नहीं और चले हैं मदद करने," नर्स ने मुँह चिढ़ाते हुए कहा। "अपने बेड पर वापस पहुँचो, मैं लाती हूँ पानी।"

यह कह के नर्स एक पानी की बोतल चौदह-राइट को पकड़ा गई।

चौदह-लेफ़्ट एकदम भी उठने की स्थिति में नहीं था। किसी तरह से कोशिश करके चौदह-राइट ने उसके मुँह में पानी के दो घूँट डाले।

"सैकड़ों लोग मर गए होंगे इस दुर्घटना में?" चौदह-लेफ़्ट ने कमज़ोर आवाज़ में चौदह-राइट से पूछा।

"जी, ऐसा ही लगता है," चौदह-राइट ने जवाब में कहा

"पता नहीं भगवान ने मुझे क्यों बचा लिया? मेरी जान लेकर उसे किसी युवा व्यक्ति की जान छोड़ देनी चाहिए थी।"

"आप इसलिए बच गए क्योंकि आपको मुझसे मिलना था।" चौदह-राइट मुस्कराकर बोला। वो चौदह-लेफ़्ट की निराशा को आशा में परिवर्तित करने का हर सम्भव प्रयास कर रहा था।

"मेरा अन्त समय आ गया है। अब मैं अधिक समय तक जीवित नहीं रहूँगा।" चौदह-लेफ़्ट को शायद मृत्यु नज़दीक दिख रही थी।

चौदह-राइट अब थोड़ा चिन्तित हो गया। वो चौदह-लेफ़्ट को इस दुर्घटना के पहले एकदम नहीं जानता था पर वे दोनों पिछले आठ घंटों से एक ही बेड पर थे और इस कारण दोनों के बीच एक दर्द का रिश्ता बन गया था।

"आप ऐसा मत कहिए। अभी आपको कई बरस ज़िन्दा रहना है।"

"नहीं, डॉक्टर को किसी और को अटेंड करने दीजिए। यहाँ बहुतों की जान मुझसे ज़्यादा क़ीमती है। मेरे ज़िन्दा रहने का कोई उद्देश्य नहीं है। मेरी पत्नी का देहान्त बहुत पहले हो गया था। एक बेटा था जो मुझे छोड़कर विदेश में बस गया है...मेरा अब इस दुनिया में कोई नहीं है।"

"ऐसा कैसे कह सकते हैं आप, मैं हूँ न आपका मित्र।"

"आप मेरे अपने हैं तो मेरा एक काम कर देंगे?" चौदह-लेफ़्ट ने बड़ी आशा से चौदह-राइट की तरफ़ देखने की कोशिश की।

"जी ज़रूर, इन टूटी हुई टाँगों की एकदम चिन्ता न करें, अपना काम बोलिए।"

"मेरी पतलून की जेब में मेरा बटुआ होगा, अगर वो किसी ने चोरी न कर लिया हो। उसे निकाल दीजिए प्लीज़।"

चौदह-राइट को यह सुनकर थोड़ा आश्चर्य हुआ कि ये मरणासन्न व्यक्ति बटुए का क्या करेगा, फिर भी उसने किसी तरह कोशिश करके वो बटुआ निकाल लिया।

"इसमें क़रीब पाँच या छह हज़ार रुपए होंगे। इसे इस अस्पताल के किसी ज़िम्मेदार व्यक्ति को दे दीजिएगा जिससे किसी ग़रीब घायल की दवा हो सके।"

"जी ज़रूर।" चौदह-राइट ने बिन बटुआ खोले ही जवाब दे दिया।

अब एक काम और...मैं अपने जीवन के इस आख़िरी क्षण में भगवद् गीता के श्लोक सुनना चाहता हूँ। मेरे बटुए को खोलिए। उसमें एक छोटी-सी पुस्तिका होगी जिसमे वो श्लोक लिखे हैं। आप उन्हें पढ़कर मुझे सुना दें, जिससे मैं चिर निद्रा में सो सकूँ।"

चौदह-राइट यह सोचकर घबरा गया कि मौत उसके इतने क़रीब से होकर गुजरनेवाली है।

"रुकिए मैं डॉक्टर को बुलाता हूँ।" चौदह-राइट कुछ कहने को उठता उससे पहले ही उसके हाथ को चौदह-लेफ़्ट ने अपने एक कमज़ोर हाथ से पकड़ लिया।

"आप श्लोक पढ़ दीजिए प्लीज़, मुझे मोक्ष मिल जाएगा।"

चौदह-राइट ने इसके पहले कभी संस्कृत नहीं पढ़ी थी और उसके लिए भगवद् गीता पढ़ना बहुत मुश्किल था, फिर भी उसने अपनी गम्भीर स्पष्ट आवाज़ में एक-एक श्लोक पढ़ना शुरू किया।

वासांसि जीर्णानि यथा विहाय नवानि गृह्णाति नरोऽपराणि।
तथा शरीराणि विहाय जीर्णान्यन्यानि संयाति नवानि देही॥

चौदह-लेफ़्ट की आँखें बन्द हो गई थीं। चौदह-राइट को आभास हो गया था कि उसका साथी अब इस दुनिया से चला गया है।

चौदह-राइट ने एक मरते हुए हिन्दू को मोक्ष दिलाने का प्रयास किया था।

चौदह-राइट उर्फ़ ग़ुलाम हुसैन ने आज अपना धर्म सही मायने में निभाया था।

रीयूनियन

हम सबके मन में अकसर यह सवाल उठता है कि दुर्भाग्य अचानक हमारी बनी-बनाई योजनाओं पर पानी क्यों फेर देता है? इस प्रश्न का उत्तर शायद आपको इस कहानी में मिल जाए।

'प्रिय मित्र,

आज से दस साल पहले हमने स्कूल छोड़ा था। आँखों में सुनहरे भविष्य के सपने लिए हम लोग निकल पड़े थे अलग-अलग राहों पर। पिछले दस वर्षों में हमने बहुत कुछ पाया होगा, हो सकता है कुछ खोया भी हो। अपने प्रोफेशनल और पर्सनल जीवन के पिछले दस सालों के अनुभव को अपने बचपन के दोस्तों के साथ साझा करने के लिए चले आइए मॉडर्न स्कूल के रीयूनियन में। जी हाँ, बैच ऑफ़ 2009 के शरीफ़ और बदमाश, पढ़ाकू और खिलाड़ी, ख़ुशमिज़ाज और रोअन्टे सभी लड़के और लड़कियों से आग्रह है कि तुरन्त अपने दफ़्तरों में छुट्टी की अर्ज़ी लगा दें और टिकट बुक करा लें। आज से तीन महीने बाद 13 से 15 अगस्त तक तीन दिन के लिए हम सब दिल्ली में मिलेंगे और अपने स्कूली जीवन की खट्टी-मीठी यादें ताज़ा करेंगे।'

आयोजन समिति
मॉडर्न स्कूल
नई दिल्ली

आज सुबह ई-मेल पर यह आमंत्रण मिला अपने बचपन के दोस्तों से मिलने का। मैं 2009 के बैच का टॉपर था। आईआईटी मद्रास से सॉफ़्टवेयर इंजीनियरिंग पढ़ने के बाद मुझे यहाँ अमरीका की एक बड़ी कम्प्यूटर कम्पनी में नौकरी मिल गई थी और तब से मैं एक तरह से यहीं बस गया। मैं अपने माता-पिता की इकलौती

संतान हूँ सो उन्हें भी मैं अपने साथ ही ले आया। पिछले छह-सात वर्षों से मैं भारत नहीं गया था। मेरे पास कोई कारण भी नहीं था वहाँ जाने का लेकिन आज इस रीयूनियन के आमंत्रण ने मुझे एक मौक़ा दे दिया था। मैंने तुरन्त ही अपने ट्रेवल एजेंट से कहकर अपनी टिकट बुक करा दी। इस रीयूनियन में जाने के पीछे मेरी इकलौती उम्मीद थी—शायद रिमझिम से मुलाक़ात हो जाए।

रिमझिम...हमारे बैच की सबसे ख़ूबसूरत और सबसे पढ़ाकू लड़की और मेरी सबसे अच्छी दोस्त। हम नर्सरी से साथ पढ़ रहे थे। मुझे उसका नाम बहुत अजीब-सा लगता था और बोलने में मुश्किल भी, सो मैं उसे 'रिन्झू' बुलाता था। रिमझिम को इस नाम से केवल मैं बुला सकता था। हम लोग तब शायद सातवीं या आठवीं कक्षा में रहे होंगे जब हमारी क्लास में पढ़नेवाले राकेश ने उसे 'रिन्झू' के नाम से बुला लिया। रिमझिम एकदम से बिगड़ गई थी उसके ऊपर, "मेरा नाम रिमझिम है राकेश। मुझे रिन्झू केवल रचित बुला सकता है और कोई नहीं।" रिमझिम के ये शब्द सुनकर मुझे बहुत अच्छा लगा था। उस दिन के बाद से रिमझिम और मेरी दोस्ती और गहरी होती चली गई। हम दोनों ने इंजीनियर बनने का फ़ैसला साथ-साथ किया था। रैंकिंग के अनुसार आईआईटी मद्रास देश का सबसे अच्छा कॉलेज था। हम दोनों का सपना वहीं पर कम्प्यूटर साइंस पढ़ने का था।

मैं पढ़ने-लिखने में ठीक-ठाक था पर रिमझिम तो हर फ़न में माहिर थी। बास्केटबॉल की बेहतरीन खिलाड़ी, बहुत अच्छी गायिका और साथ में गिटार बजाने में माहिर। उसकी आर्ट भी ऐसी थी कि बड़े-बड़े कलाकार उसके आगे पानी भरें और इन सबके ऊपर पढ़ाई में तो वो अव्वल थी ही। मैं जितनी भी मेहनत कर लूँ, रिमझिम एक या दो नम्बर से मुझे पछाड़ ही देती थी। मुझे याद है कि जब दसवीं के बोर्ड का रिज़ल्ट आया था, मुझे 99.3 प्रतिशत मार्क्स मिले थे। मुझे शक़ था कि स्कूल में किसी के मेरे से अधिक होंगे और तभी रिमझिम का फ़ोन आया। उस ने सीधे बोला, "99.5 प्रतिशत।"

जब मेरे मुँह से बहुत देर तक आवाज़ नहीं निकली तब रिमझिम बोली, "फिर मुझसे हार गए ना रचित सहाय। तुम मेरे सामने दूसरे नम्बर पर ही रहोगे।" रिमझिम की बात सुनकर मुझे बहुत बुरा लगा था लेकिन तब भी मुझे औपचारिकतावश बोलना पड़ा, "मुबारक हो स्कूल टॉपर।" लेकिन मैं बहुत देर तक अपनी खीज छुपा नहीं पाया, "बहुत उड़ो नहीं रिन्झू, केवल दो नम्बर का अन्तर है, देख लेना बारहवीं के बोर्ड में स्कूल टॉपर मैं ही बनूँगा।"

"लगी शर्त?" रिमझिम बोली।

"लगी सौ-सौ रुपए की।" मैंने उसका चैलेंज स्वीकार कर लिया। "एक बात समझ लो रिन्झु, अब कुछ भी हो मैं तुम्हें ये शर्त जीतने नहीं दूँगा।"

बारहवीं कक्षा में आकर मैं पढ़ाई के प्रति गम्भीर हो गया। मैंने अपना सामाजिक दायरा सीमित कर दिया था। स्कूल के अलावा मैंने और कहीं आना-जाना छोड़ दिया था।

"यार रचित, तुमने तो टॉप करने का चैलेंज बहुत सीरियसली ले लिया," रिमझिम ने एक दिन फ़ोन करके कहा। "नहीं रिन्झु, पापा की बड़ी उम्मीदें हैं मुझ से। बोर्ड से अधिक मुझे आईआईटी में एडमिशन के लिए मेहनत करनी है," मैंने जवाब दिया। "मेरे पापा स्वयं इंजीनियर बनना चाहते थे लेकिन बन नहीं पाए। अब उनका एक ही सपना है कि मैं किसी तरह से आईआईटी क्वालीफाई कर लूँ। मेरे पास कैरियर को लेकर दूसरा विकल्प है ही नहीं।"

"विकल्प तो मेरे पास भी नहीं है, लेकिन याद रखना—वहाँ भी मैं तुमसे बेहतर रैंक लाऊँगी," रिमझिम बोली। वो कहीं भी मुझे अपने से बेहतर होने का मौक़ा नहीं देती थी।

"अच्छा सुनो, मैंने तुम्हें फ़ोन इसलिए किया था कि पापा तुम्हें कोई किताब देना चाहते हैं तो तुम कल घर आ जाना।"

रिमझिम के पापा दिलीप घोष एक निजी कम्पनी में मैनेजर थे। उनसे मेरी अच्छी-ख़ासी पटती थी। उन्हें पढ़ने का बहुत शौक़ था और मुझे भी। उनके घर में एक लाइब्रेरी थी जिसमे सैकड़ों किताबें थीं—हर विषय की। दिलीप घोष मुझको हर हफ़्ते एक किताब पढ़ने को देते और उसके बाद वो मुझे बिठाकर उस किताब पर चर्चा करते थे।

"आज मैं तुम्हें एक क्लासिकल नॉवेल देनेवाला हूँ, चार्ल्स डिकेन्स का 'ए टेल ऑफ़ टू सिटीज़'। दो दिन पहले इसको ख़रीद के लाया था, कल मैंने पूरी पढ़ ली," दिलीप घोष बोले, "अगले दो दिन में तुम इसको पढ़ लो, फिर हम इस पर डिस्कशन करेंगे।"

"अंकल, कुछ ही समय में बोर्ड की परीक्षाएँ होनेवाली हैं। मैं इस समय पूरी तरह अपनी पढ़ाई पर फोकस करना चाहता हूँ। माफ़ कीजिएगा, इस समय कोर्स के अलावा कोई और पुस्तक नहीं पढ़ पाऊँगा।"

दिलीप घोष मेरी बात सुनकर मुस्कराए, "आई एम इम्प्रेस्ड, इसी तरह के बच्चे ज़िन्दगी में सफल होते हैं। देखना तुम एक दिन बहुत ऊँचे पद पर पहुँचोगे।"

बोर्ड की परीक्षा अब सर पर आ गई थी। रिमझिम और मैंने, दोनों ने ही न कोई कोचिंग ज्वाइन की थी और न ही हम लोग किसी से ट्यूशन पढ़ रहे थे। अगर हम किसी विषय में अटकते तो एक-दूसरे से ही पूछ लेते थे।

हमारा आख़िरी पेपर गणित का था। पेपर ख़त्म होने के बाद हम सब दोस्तों ने ऋषिकेश की ट्रिप प्लान की थी। रिमझिम को थोड़ा-सा डर था कि उसके पापा शायद उसको इस ट्रिप के लिए परमिशन न दें।

वो मुझसे बोली, "रचित, पापा तुम्हारी बात नहीं टालेंगे। तुम प्लीज़ आकर उनको मना लो।" वैसे तो आज तक मुझे रिमझिम के पापा से डर नहीं लगा था लेकिन उस दिन मैं वाक़ई घबड़ाया हुआ था। मैं काफ़ी देर तक रिमझिम के ड्राइंग रूम में चुपचाप बैठा रहा। आख़िर दिलीप घोष बोले, "क्या हुआ रचित, आज कुछ बोलोगे नहीं क्या?"

मैंने कहा, "अंकल आपसे एक रिक्वेस्ट करनी थी, मना मत करिएगा।"

दिलीप घोष तुरन्त ही बोले, "रिमझिम का हाथ माँगने आए हो क्या? तो सुन लो, मैं तुमको मना नहीं कर रहा पर बेहतर होगा कि पहले कुछ बन जाओ, तब सोचना यह सब।" दिलीप घोष की बात सुनकर रिमझिम की हँसी छूट गई और मैं एकदम से सकपका गया। "अंकल, आप ग़लत समझ रहे हैं। मुझे भी अगर रिमझिम का हाथ माँगना होगा तो मैं पहले इस क़ाबिल बन जाऊँगा कि उसका हाथ माँग सकूँ। फ़िलहाल आपकी अनुमति चाहिए हमारी कॉलेज की ट्रिप के लिए जिसमें हम सब ऋषिकेश जा रहे हैं और मैं चाहता हूँ कि रिमझिम भी हमारे साथ चले।"

अब झेंपने की बारी दिलीप घोष की थी। "ओह! बस इतनी सी बात पर इतना घबरा गए रचित। अगर तुम जा रहे हो तो मैं मना नहीं करूँगा लेकिन याद रखना, रिमझिम को तुम अपनी ज़िम्मेदारी पर लेकर जा रहे हो। उसका ख़याल रखना और उसे ग़लत लोगों की संगत से बचाकर रखना।" दिलीप घोष की बात सुनकर रिमझिम ने उनकी नज़रें बचाकर मुझे आँख मारी। उस दिन पहली बार मेरे मन में रिमझिम के लिए दोस्ती से बढ़कर प्रेम का भाव उभरा था। दिलीप घोष की यह बात लम्बे समय तक मेरे कानों में गूँजती रही—"रिमझिम का ख़याल रखना, अब वह तुम्हारी ज़िम्मेदारी है।"

हमारा पूरा गैंग ऋषिकेश पहुँचा और हमने जम के मौज-मस्ती की लेकिन इस मौज-मस्ती के बीच मैं रिमझिम के प्रति बहुत पजेसिव था। कोई भी

लड़का उसके पास फटकने नहीं पाता और यहाँ तक कि वो कौन से कपड़े पहनेगी, इसका भी चयन मैं ही करता था और रिमझिम ख़ुशी से मेरी बात भी मान लेती थी।

हमें जिस दिन ऋषिकेश से लौटना था उस दिन हमें एक निराशाजनक समाचार मिला कि बारहवीं का मैथ्स का पेपर कई सेंटर पर लीक हो गया था इसलिए अब वो परीक्षा दोबारा होगी। हम सबको यह समाचार पाकर बहुत क्रोध आया था। कुछ ही दिन में हमारी आईआईटी-जेईई की भी परीक्षा थी और ये समय था कि हम उसकी तरफ़ ध्यान दें। ख़ैर, हमें फिर से पूरी मेहनत करनी पड़ी। परीक्षा दोबारा होने की वजह से परिणाम भी विलंबित हो गए थे। उस साल शायद पहली बार ऐसा हुआ कि आईआईटी-जेईई का रिज़ल्ट सीबीएसई बोर्ड के रिज़ल्ट से पहले आ गया। रिमझिम ने एक बार फिर बाज़ी मार ली थी। उसकी ऑल इंडिया रैंक 35वीं थी जबकि मेरी 48, हालाँकि मैं अपने परिणाम से प्रसन्न था। मेरे पिताजी को तो जैसे मुँहमाँगी मुराद मिल गई थी। भारत सरकार में एक साधारण-सी नौकरी करनेवाले मेरे पिताजी के लिए तो यह बहुत बड़ी उपलब्धि थी कि उनका एकमात्र बेटा अब आईआईटी में पढ़ेगा। इतनी अच्छी रैंक पर मुझे देश के सर्वश्रेष्ठ आईआईटी मद्रास में कम्प्यूटर साइंस मिलने में कोई दिक़्क़त नहीं थी और रिमझिम की रैंक तो मुझसे भी बेहतर थी, यानी अगले चार साल तक हम दोनों घर से दूर रहकर साथ ही पढ़नेवाले थे। एक दिन दिलीप घोष ने मुझे फिर घर बुलाया और बोले, "रचित, तुमने अब अपनी क़ाबिलियत साबित कर दी है, मैं तुम्हारे पिताजी से मिलना चाहता हूँ।"

मैं यह बात अच्छे से जानता था कि रिमझिम के पापा मेरे घर पर रिमझिम का रिश्ता लेकर आनेवाले हैं। मैं अपने पापा के स्वभाव से भी भलीभाँति परिचित था। उन्नीस साल की उम्र में अगर दिलीप घोष मेरे रिश्ते की बात करते तो पापा निश्चित रूप से उखड़ जाते। मैंने कहा, "अंकल मुझे एक बार अपनी इंजीनियरिंग पूरी कर लेने दीजिए। जिस दिन मेरी नौकरी लग जाए उस दिन आप घर आ जाइएगा।"

"तुम काफ़ी समझदार हो रचित," दिलीप घोष बोले। "लेकिन अगले चार सालों में किसी दूसरी लड़की के चक्कर में न पड़ जाना," दिलीप घोष मज़ाक़ के लहजे में बोले।

"आईआईटी में मेरी जैसी सुन्दर लड़कियाँ होती ही कहाँ हैं पापा जो रचित किसी और की तरफ़ देखेगा," रिमझिम ने हँसकर कहा।

हमारा जीवन हम दोनों को एक पूर्व निर्धारित गंतव्य की ओर ले जा रहा था। मेरे और रिमझिम के बीच में अब केवल भाग्य ही आ सकता था और वो आ भी गया।

दो दिन बाद हम लोगों का बोर्ड का रिज़ल्ट आना था। हम दोनों को एक दूसरे के रोल नम्बर पता थे। तय यह हुआ था कि हम दोनों एक-दूसरे का रिज़ल्ट देखेंगे और फ़ोन पर एक-दूसरे को बताएँगे। रिज़ल्ट घोषित होने का एसएमएस जैसे ही मेरे फ़ोन पर आया मैंने रिमझिम का पासवर्ड अपने कम्प्यूटर पर एंटर किया। मैंने आज तक भगवान से अपनी पढ़ाई को लेकर कभी भी कोई चीज़ नहीं माँगी थी। शायद ज़िन्दगी में पहली बार रिज़ल्ट देखते समय मैंने ईश्वर का स्मरण किया और बोला, "हे भगवान, रिमझिम के नम्बर मुझसे कम हों" और तभी रिमझिम का रिज़ल्ट मेरे सामने आ गया। स्क्रीन पर जो लिखा था उसे देखकर मेरी धड़कन रुक गई। रिमझिम के नाम के आगे 'एफ़' लिखा था यानी 'फेल'। मैंने रिमझिम का नम्बर दोबारा एंटर किया लेकिन नतीजा परिवर्तित नहीं हुआ। मेरे सामने रिमझिम घोष का ही परिणाम था। उसको फिज़िक्स और केमिस्ट्री में 100 में 100 मिले थे, हिन्दी में 99 और अंग्रेज़ी में 98 अंक। तभी मेरी नज़र उसके मैथ्स के नम्बर पर पड़ी। मुझे विश्वास ही नहीं हो रहा था कि रिमझिम को मैथ्स में केवल 24 अंक मिले हैं। यह कैसे सम्भव था? रिज़ल्ट रिमझिम का ख़राब आया था और चक्कर मुझे आने लगे, तभी रिमझिम की कॉल आई।

"पहले मेरे मार्क्स बताओ रचित, फिर मैं तुम्हारे बताऊँगी।"

मैं कुछ भी कहने की स्थिति में नहीं था।

"जल्दी बोलो ना रचित, मेरी जान निकल रही है।" रिमझिम ने दोबारा बोला, "मैं तब तक तुम्हें तुम्हारे मार्क्स नहीं बताऊँगी जब तक तुम मेरे नहीं बताओगे।" उस क्षण मुझे अपना रिज़ल्ट जानने में कोई रुचि नहीं थी। "तुम्हारा मैथ्स का पेपर कैसा हुआ था रिन्झ़ु," मैंने अपने आपको कुछ संयत करते हुए कहा।

"अच्छा हुआ था, क्यों क्या हुआ?" अब रिमझिम थोड़ा घबरा गई थी, "मार्क्स कम आए हैं ना, तुम्हारे भी मैथ्स में ही सबसे कम आए हैं।"

"एक काम करो रिन्झ़ु, तुम ख़ुद ही अपने मार्क्स चेक कर लो," यह कहकर मैंने फ़ोन काट दिया।

क़रीब आधे घंटे बाद मेरे फ़ोन की घंटी बजी। उधर से दिलीप घोष की आवाज़ आई, "रचित यह क्या हो गया! रिमझिम हैज़ फेल्ड।"

"जी अंकल, मुझे पता चला। ज़रूर कहीं कोई गड़बड़ हुई है, हम स्क्रूटनी कराएँगे।" मैं और कहता भी क्या।

"उसका तो कैरियर ही ख़राब हो गया। अब वह क्या करेगी?" दिलीप घोष फफक-फफक के रो रहे थे।

मैं जैसे-तैसे हिम्मत कर के रिमझिम के घर पहुँचा लेकिन रिमझिम अपने कमरे से बाहर नहीं आई। मेरी तमाम कोशिशों के बावजूद रिमझिम ने अपने कमरे का दरवाज़ा नहीं खोला। अगले कई दिनों तक मैंने उसको कई बार फ़ोन भी किया लेकिन रिमझिम मुझसे बात करने के लिए तैयार ही नहीं थी। दिलीप घोष ने इस बीच में अपनी पूरी कोशिश की कि किसी तरह से उनको रिमझिम की मैथ्स की कॉपी देखने मिल जाए। वे सीबीएसई के हेडक्वार्टर तक चले गए। उन्होंने आरटीआई के तहत भी जानकारी निकालने की कोशिश की, पर सब व्यर्थ गया।

अगले एक महीने तक तमाम प्रयासों के बावजूद रिमझिम ने मुझसे बात नहीं की। अब मेरा चेन्नई जाने का समय नज़दीक आ रहा था। एक दिन मैं रिमझिम के घर जाकर ज़िद पर अड़ गया। "अंकल, आज मैं रिन्झू से मिले बिना वापस नहीं जाऊँगा," मैंने दिलीप घोष से बोला।

"उसको थोड़ा टाइम दो रचित। बहुत बड़ा सदमा पहुँचा है उसे फेल होने का और उससे भी अधिक उसको अफ़सोस है आईआईटी में इतनी अच्छी रैंक लेकर भी न जा पाने का।"

मेरे मन में तो एक बार आया कि कह दूँ, 'मैं भी इस साल एडमिशन नहीं लेता हूँ, अगले साल दोनों साथ जाएँगे' लेकिन मैं ये सोचकर चुप रह गया कि मेरे ऐसा करने पर मेरे पापा का क्या हाल होगा।

"मैं उसका दर्द समझता हूँ अंकल लेकिन वो मुझसे क्यों नाराज़ है। मैं समझ नहीं पा रहा हूँ," मैंने बोला। तभी रिमझिम अपने कमरे से बाहर आई। वो अजीब-सी लग रही थी। बिखरे बाल, पथराई आँखें...वो मुझे सौ रुपए का नोट देते हुए बोली, "कॉन्ग्रैचुलेशन्स रचित, आख़िरकार तुमने टॉप कर ही लिया। मैं तुमसे शर्त ही नहीं, अपना सब कुछ हार गई।"

"रिन्झू, ऐसा मत सोचो। हमारे कर्म हमारे प्रयास तक ही सीमित हैं, उस कर्म का क्या परिणाम होगा ये भाग्य ही निर्धारित करता है और भाग्य हमेशा एक-सा नहीं रहता," मैंने रिमझिम को समझाने की कोशिश की। "मैं मानता हूँ कि तुम्हारी क़िस्मत ने तुम्हें बहुत बड़ा धोखा दिया है पर अब उसको भूलकर आगे बढ़ने

में ही समझदारी है। पढ़ाई शुरू करो और देखना कि तुम इस बार नेशनल टॉपर बनोगी और न सिर्फ़ बोर्ड में बल्कि आईआईटी-जेईई में भी तुम्हारी ऑल इंडिया रैंक फ़र्स्ट आएगी।"

"मुझे ज्ञान मत दो रचित, तुम्हारा आईआईटी तुमको मुबारक। मुझे अब उसमें कोई रुचि नहीं है। इनफ़ैक्ट मुझे अब इंजीनियर ही नहीं बनना," रिमझिम ने चिढ़े हुए स्वर में बोला।

"तुम पागल हो गई हो क्या रिन्झू? आईआईटी का सपना हम दोनों ने साथ देखा था," मैंने आवाज़ बढ़ाते हुए बोला।

"टूट गया वो सपना, भाड़ में गया आईआईटी," रिमझिम भी चिल्लाते हुए बोली।

"क्यों अपना कैरियर बर्बाद करना चाहती हो रिमझिम, तुम आईआईटी नहीं करोगी तो क्या करोगी?" इस बार दिलीप घोष बोले।

"इस घर में किसी ने एक बार और आईआईटी का नाम लिया तो मैं ज़िन्दगी भर उसका मुँह नहीं देखूँगी," यह कहकर रिमझिम अपने कमरे के अन्दर चली गई।

रिमझिम का इस तरह का व्यवहार मेरे लिए बर्दाश्त के बाहर था।

"ठीक है रिन्झू, अगर तुम्हें आईआईटी नहीं करना तो मुझे भी तुम्हारा मुँह नहीं देखना," यह कहकर मैं रिमझिम के घर से चला आया था।

अब मुझे रिमझिम का मुझसे दूर होने का कारण समझ में आ गया था। मैं तो रिमझिम से केवल प्यार करता था लेकिन रिमझिम के मन में मेरे लिए प्रेम के साथ साथ प्रतिस्पर्धा का भी भाव था। हमेशा जीतनेवाली रिमझिम को हार का अर्थ ही नहीं मालूम था। उसके लिए अपने फेल होने के दुख से बड़ा सदमा मेरा टॉप करना था।

रीयूनियन के आमंत्रण के एक महीने बाद मुझे एक और ईमेल मिला। इस मेल में हमारे गेट टुगेदर का विवरण और हमारे ठहरने की व्यवस्था के सम्बन्ध में जानकारी थी, साथ ही में एक लिस्ट संलग्न थी जिस में उन लोगों के नाम थे जिन्होंने इस रीयूनियन में आना कन्फ़र्म किया था। अल्फ़ाबेटिकल ऑर्डर में बनी उस लिस्ट में 17वाँ नाम मेरा था और 18वाँ रिमझिम का।

मेरी ज़िन्दगी का शायद वो सबसे सुखद क्षण था जब मैंने दिल्ली के ताज होटल की लॉबी में रिमझिम को देखा। पूरे दस साल बाद। दमकता हुआ चेहरा, आकर्षक फ़िगर और हेयरस्टाइल से लेकर सैंडल तक, हर चीज़ में परफ़ेक्शन—कुल मिलाकर वो बेहद ख़ूबसूरत लग रही थी।

"हैलो रिमझिम," न जाने क्यों मैं उसको रिन्झू नहीं बोल पाया।

"रचित मुझे पता था, तुम ज़रूर आओगे," रिमझिम ने बड़ी गर्मजोशी से हाथ मिलाते हुए बोला।

"मैं सिर्फ़ तुमसे मिलने के लिए आया हूँ रिन्झू," मेरी हिम्मत कुछ बढ़ रही थी। "बहुत कुछ जानना है तुम्हारे बारे में, क्या कर रही हो आजकल?" मेरे मन में रिमझिम को लेकर सबसे बड़ा सवाल यह था कि उसने आईआईटी से इंजीनियरिंग की या नहीं, और नहीं की तो क्या किया?

"इस रीयूनियन के नियम नहीं पढ़े तुमने?" रिमझिम हँसकर बोली। "मीटिंग से पहले कोई भी अपनी व्यक्तिगत ज़िन्दगी के बारे में अकेले में बात नहीं करेगा। थोड़ा सब्र करो, सब बताती हूँ।"

मीटिंग शुरू होने का समय हो गया था। हम दोनों मीटिंग हॉल में आ गए।

इस तीन दिन के रीयूनियन के पहले कार्यक्रम का नाम था 'हाल कैसा है जनाब का?' इस कार्यक्रम में हम सबको पाँच मिनट में स्कूल के बाद की दस साल की अपनी यात्रा का वर्णन करना था।

रिमझिम के ठीक पहले मेरा नम्बर आया।

"मैं रचित सहाय। मैंने आईआईटी मद्रास से कम्प्यूटर इंजीनियरिंग की पढ़ाई की।" ये कहते वक़्त मेरी निगाहें रिमझिम पर पड़ीं जो कि मेरी उम्मीद के विपरीत नाराज़ होने के बजाय मुस्करा रही थी। मैंने बोलना जारी रखा, "इंजीनियरिंग करने के बाद मेरी नौकरी अमेरिका के कैंब्रिज शहर में एक सॉफ़्टवेयर कम्पनी में लग गई। मेरे माँ-बाप भी मेरे साथ वहीं रहते हैं।" मेरा वक्तव्य पूरा होने पर सब लोग ताली बजाकर मेरा अभिवादन कर रहे थे, तभी मैंने बोला "हाँ, एक बात बताना भूल ही गया, मैंने अब तक शादी नहीं की क्योंकि मुझे कोई लड़की ही नहीं मिली।" मेरी इस बात पर रिमझिम कुछ ज़्यादा ही हँसी थी।

और अब बारी थी रिमझिम की।

"मैं रिमझिम घोष अपनी बात वहीं से शुरू करती हूँ जहाँ पर रचित ने अपनी बात ख़त्म की है।" रिमझिम ने पूर्ण आत्मविश्वास बोलना शुरू किया, "मैंने भी अब तक शादी नहीं की हालाँकि मुझे लड़के तो बहुत मिले पर समय नहीं मिला।" लोगों की खिलखिलाहट के बीच रिमझिम बोलती गई, "आप सब जानते हैं कि मैं 2009 की परीक्षा पास नहीं कर पाई थी। मैंने अगले साल ओपन स्कूल से इंटर किया। मैंने 2009 में आईआईटी क्वालीफाई किया था लेकिन मैंने अगले साल अपना

इरादा बदल दिया," ये कहते हुए रिमझिम ने मुझे कनखियों से देखा। "आईआईटी के बजाय मैंने बेंगलुरु से फ़ैशन डिज़ाइनिंग का कोर्स किया। इस कोर्स के दौरान ही एक फ्रेंच कम्पनी को मेरी डिज़ाइन पसन्द आ गई और मेरे पास एक बहुत बड़ा एक्सपोर्ट का ऑर्डर आ गया। कोर्स पूरा होते ही मैंने उस फ्रेंच कम्पनी की मदद से अपना एक्सपोर्ट हाउस खोला और धीरे-धीरे पूरे यूरोप में मैं अपने गारमेंट्स एक्सपोर्ट करने लगी। आज मेरी 'रिम्स इंटरनेशनल' भारत के अग्रणी एक्सपोर्ट हाउसेज़ में से एक है।" रिमझिम की बात ख़त्म होने पर हम सब उसके सम्मान में खड़े हो गए। ताली की गड़गड़ाहट के बीच रिमझिम बोली, "और एक बात जो मुझे रचित को बतानी है।" रिमझिम की बात सुनकर सबकी नज़रें मुझ पर टिक गईं "रचित की बहुत इच्छा थी कि मैं आईआईटी से ही इंजीनियरिंग करूँ लेकिन मैंने उसकी बात नहीं मानी और वो मुझसे नाराज़ भी हो गया था। उस बात के लिए आई एम सॉरी रचित।" रिमझिम की आँखें भर आई थीं, "पर तुम्हें ये जानकर ख़ुशी होगी कि मेरी कम्पनी रिम्स इंटरनेशनल भारत के सबसे बड़े एक्सपोर्ट हाउसेज़ में से एक है।" रिमझिम की बात सुनकर मेरी भी आँखें भर आई थीं। जिस आईआईटी की वजह से मैं उससे नाराज़ हुआ था, रिमझिम बिना वहाँ जाए भी मुझसे अधिक सफल थी।

"हाँ, एक बात और रचित" रिमझिम बोली, "तुम्हारी रिन्झू हर साल आईआईटी के पाँच-छह इंजीनियर्स को हर साल अपने यहाँ नौकरी पर भी रख लेती है।"

दुर्भाग्य हमें हमारी योजना से तभी भटकाता है जब हमारे सौभाग्य के पास हमारे लिए कोई बेहतर योजना होती है।

डाक बाबू

यह कहानी सत्तर के दशक की है।

आपका नाम पुनीत, परवेज़, पीटर या परमजीत कुछ भी हो अगर आप डाक बाँटते हैं तो फिर पूरा गाँव आपको डाक बाबू ही बोलेगा।

पूर्वी उत्तर प्रदेश के पिपरी गाँव में डाक बाबू का नाम कोई नहीं जानता था। उनका धर्म और जात भी किसी को नहीं मालूम थी। हाँ, डाक बाबू पूरे गाँव के हर व्यक्ति के धर्म और जात से परिचित थे। जब वो पंडित हृदयनाथ शुक्ल के घर जाते तो 'राम राम' और आफ़ताब मियाँ के यहाँ जाते तो 'अस्सलाम अलैकुम' से ही अभिवादन करते थे। पूरे गाँव के दुख-सुख की ख़बर रखनेवाले डाक बाबू न सिर्फ़ चिट्ठियों को बाँटते थे बल्कि बाँचते और लिखते भी थे और वो भी बड़ी ख़ुशी से।

पिपरी छोटा-सा गाँव था जिसमें मुश्किल से पचास घर होंगे। तो दिन भर में चार या पाँच पोस्टकार्ड और लिफ़ाफ़े बाँटने होते थे या बहुत हुआ तो एक-आध मनीऑर्डर या रजिस्ट्री। सो डाक बाबू के पास समय बहुत था और इसीलिए वो गाँववालों के हर सुख-दुख में शामिल रहते थे।

पिछले कई दिनों से इदरीस बेग़ के घर से गुज़रते वक़्त उन्होंने देखा था कि साइकिल की घंटी सुनते ही उनके बड़े बेटे सलीम की बहू फ़रीदा घर के बाहर आ जाती है और जब तक वो गुज़र नहीं जाते हैं, बड़ी उम्मीद से उन्हें देखती रहती है।

"क्या हुआ बिटिया, किसी के ख़त का इन्तज़ार है क्या?" एक बार डाक बाबू ने पूछ लिया था।

"नहीं तो।" फ़रीदा एकदम से घबड़ा गई जैसे किसी ने उसकी चोरी पकड़ ली हो।

इसके बाद डाक बाबू फ़रीदा को देखते ही हाथ हिलाकर कोई पत्र न होने का इशारा कर देते थे। कुछ दिनों के बाद उन्हें लगने लगा कि वो रोज़ ही फ़रीदा की

उम्मीद तोड़ने का काम कर रहे हैं। एक दिन फ़रीदा को घर के बाहर खड़ा हुआ देखकर वो रुक गए।

"बड़ी प्यास लग रही है बिटिया, थोड़ा घड़े का ठंडा पानी पिलवाओगी क्या?" चिलचिलाती धूप में डाक बाबू पसीने से तर थे।

"जी ज़रूर," कहकर फ़रीदा अन्दर चली गई।

फ़रीदा अभी दो साल पहले शादी करके आई थी। सलीम तीन महीने पहले अचानक बम्बई चला गया था नौकरी करने। इस दौरान उसने कोई चिट्ठी नहीं भेजी थी, हाँ वो इदरीस बेग़ के नाम हर महीने मनीऑर्डर ज़रूर भेज देता था।

"डाक बाबू पहले थोड़ा गुड़ खा लीजिए, फिर पानी पीजिएगा।" फ़रीदा एक तश्तरी में दो ढेली गुड़ ले आई थी।

"ये तुमने बहुत अच्छा काम किया," डाक बाबू गुड़ खाते हुए बोले।

"ये बताओ बिटिया, तुम्हें मैं कई दिनों से कुछ परेशान देख रहा हूँ, तुम्हें सलीम के ख़त का इन्तज़ार है शायद।"

फ़रीदा समझ नहीं पा रही थी कि वो डाक बाबू से खुलकर बात करे या नहीं। वैसे तो उसके ससुर इदरीस बेग़ और उसकी सास मेहरुन्निसा उसको बहुत प्यार करते थे और बेटी की तरह से ही रखते थे, उसका देवर रिज़वान भी उसकी बहुत इज़्ज़त करता था लेकिन लिहाज़ के नाते वह उन लोगों से कुछ बोल नहीं सकती थी सो उसका सारा ग़ुबार दिल के अन्दर ही रह जाता था।

डाक बाबू फ़रीदा के संकोच को भाँप गए। "बिटिया मैं पूरे गाँव के दुख-सुख का हिस्सा हूँ। इस गाँव के हर घर की व्यथा मुझे मालूम है। तुम भरोसा रखो कि तुम मुझसे जो भी कहोगी वो मेरे दिल में रहेगा।"

डाक बाबू की बात सुनकर फ़रीदा को थोड़ा हौसला मिला।

"पूरे तीन महीने हो गए, इनका कोई ख़त नहीं आया है डाक बाबू।"

"नया-नया काम है, मसरूफ़ रहता होगा," डाक बाबू बोले।

"कहाँ के मसरूफ़? हमारे देवर रिज़वान बता रहे थे वो किसी सेठ के घर में ड्राइवरी करते हैं। काम के नाम पर बच्चों को स्कूल ले जाने और लाने की ज़िम्मेदारी है बस, या कभी-कभार मेम साहब को बाज़ार ले जाने की। फिर इतवार के दिन तो पूरे दिन की छुट्टी भी रहती है। एक ख़त लिखकर भेजने में कितना वक़्त लगता है?" फ़रीदा ने अपनी बात कहनी शुरू की।

डाक बाबू कुछ सोच में पड़ गए। चूँकि मनीऑर्डर हर महीने आ रहा था तो सलीम की ख़ैरियत को लेकर फ़रीदा को फ़िक्र नहीं थी।

"छोड़ना चाहते हैं हमको," फ़रीदा धीरे से बोली।

"ऐसा क्यों?" डाक बाबू ने पूछा।

"उन्हें लगता है हम उनके लायक़ नहीं हैं," फ़रीदा मुँह बनाते हुए बोली।

"लायक़ नहीं हो? क्या मतलब हुआ इसका?" डाक बाबू ने फिर पूछा।

"मतलब ये कि उनके हिसाब से न तो हमें कपड़े पहनने का शऊर है न तैयार होने का। खाना भी हम अम्मी जैसा नहीं बनाते और सबसे बड़ी बात ये है कि हमें पढ़ना-लिखना भी नहीं आता।"

फ़रीदा एक स्वर में बोलती जा रही थी।

"वो हमसे कई बार बोल चुके हैं कि अम्मी-अब्बा के कहने पर उन्होंने हमसे ज़बर्दस्ती निकाह कर लिया वरना उन्हें कोई भी मिल जाती हमसे बेहतर।" फ़रीदा के दिल का दर्द उभर कर उसके चेहरे पर आ रहा था।

इस दर्द से वो दुखी नहीं आहत थी और आहत इनसान या तो अवसाद में चला जाता है या फिर क्रोधित हो उठता है। फ़रीदा क्रोधित थी।

फ़रीदा का रंग गेहुँआ था और वो देखने में सुन्दर थी। हाँ, शरीर थोड़ा भारी ज़रूर था और पिछले तीन महीनों में उसका वज़न और भी बढ़ गया था। कुल मिलाकर वो जितनी आकर्षक दिख सकती थी उतना दिखना नहीं चाहती थी।

'हम्म...' डाक बाबू इन मौक़ों पर सामनेवाले को बोलने देते थे। उन्हें मालूम था कि फ़रीदा ने अपने आपको कितनी मुश्किल से राज़ी किया होगा एक बाहरी व्यक्ति को अपना दुखड़ा सुनाने के लिए। वो बीच में बोलकर कोई अवरोध नहीं पैदा करना चाहते थे।

"ये भी मुमकिन है कि उन्हें वहाँ बम्बई में कोई और मिल गई हो।" फ़रीदा की सोच नकारात्मक हो गई थी और ऐसा होना स्वाभाविक भी था। जब व्यक्ति के आत्मसम्मान पर चोट लगती है तो वो मानसिक रूप से असुरक्षित हो ही जाता है।

"ऐसा क्यों लगा तुम्हें?" फ़रीदा के बहुत देर तक चुप रहने पर डाक बाबू ने पूछा।

"जिस दिन ये जा रहे थे हमारी बहुत लड़ाई हुई थी। चलते-चलते ये कहकर गए थे कि बम्बई में उन्हें कोई अच्छी लड़की मिल गई तो वो उससे निकाह कर लेंगे। अब तीन महीने से न तो हमें अपना हाल बताया है और न ही हमारे बारे में

कुछ पूछा है, तो क्या मानें हम?" फ़रीदा बोली, "अगर एक-दो महीने ऐसा चला तो हम भी सब छोड़-छाड़कर अपने मायके चले जाएँगे।"

"ये सब तो ठीक है बिटिया लेकिन मान लो सलीम को भी तुमसे कुछ उम्मीदें हों। अगर उसने ख़त नहीं लिखा था तो तुम्हीं लिख देतीं।" डाक बाबू बोले। "ख़ुशी हो या नाराज़गी, ज़ाहिर ज़रूर करनी चाहिए, अगर वो नाराज़ होकर गया है तो वो यह चाह रहा होगा कि तुम उसे मनाओ।"

"आपका मतलब है हम उनको ख़त भेजें?" फ़रीदा ने बड़ी मासूमियत से पूछा।

"और नहीं तो क्या?" डाक बाबू ने हँसते हुए कहा।

"जाओ, जल्दी से काग़ज़ और क़लम ले आओ।"

फ़रीदा अन्दर से जाकर क़लम और काग़ज़ ले आई। "कुछ थोड़ा-बहुत तो लिख-पढ़ लेती हो?" डाक बाबू ने पूछा।

"हाँ बिस्मिल्लाह रहमान ए रहीम और अपना नाम।" फ़रीदा झट से बोली। फिर वो थोड़ा शरमाई और धीरे से बोली "और उनका नाम भी।"

डाक बाबू मुस्कराए। "चलो ठीक है इस काग़ज़ पर तुम बिस्मिल्लाह लिखने के बाद सलीम मियाँ का नाम लिख दो और फिर बोलती जाओ, मैं तुम्हारा ख़त लिख दूँगा। आख़िर में तुम अपना नाम लिख देना।"

फ़रीदा ने बहुत एहतियात के साथ पहले बिस्मिल्लाह रहमान ए रहीम लिखा और उसके बाद सलीम का नाम। फिर उसने वो काग़ज़ डाक बाबू को पकड़ा दिया।

"बोलो बिटिया।" डाक बाबू चिट्ठी लिखने को तैयार थे।

फ़रीदा काफ़ी देर तक चुप बैठी रही फिर बोली, "डाक बाबू, हम समझ नहीं पा रहे कि कहाँ से शुरू करें, माफ़ी तो हम माँगने से रहे।"

"पहले उसके हाल-चाल पूछो, फिर अपने बताओ।"

"अच्छा लिखिए," फ़रीदा ने बोलना शुरू किया।

"आपको तो कोई फ़िक्र है नहीं कि हम ज़िन्दा भी हैं या नहीं। तीन महीने में एक ख़त भी नहीं लिखा गया आपसे। हमसे तो दिल भर ही चुका है आपका। अब तक ढूँढ़ ली होगी कोई गोरी, दुबली-पतली, छरहरी लौंडिया।" चिट्ठी का मसौदा सुनकर डाक बाबू ने फ़रीदा की ओर देखा। उसके चेहरे के भाव बदलते जा रहे थे।

"ख़ैर, ये आपकी ज़िन्दगी है, जो करना है करिए लेकिन हमें बख़्श दीजिए। हमसे नहीं निभ रही है तो कोई ज़बर्दस्ती नहीं है। तलाक़ दीजिए हमें और रह

लीजिए जिसके साथ रहना है।" हर एक शब्द के साथ फ़रीदा का ग़ुस्सा बढ़ता ही जा रहा था।

"दो साल तक हमें अपनी हवस का शिकार बनाकर हमारे पूरे जिस्म को चूस लिया और फिर फेंक दिया कूड़ेदान में। ख़ूब समझते हैं हम आप जैसे मर्दों की फ़ितरत। सो कान खोलकर सुन लीजिए, अब इस रिश्ते को इस पार कीजिए या उस पार।" फ़रीदा एक ही साँस में बहुत कुछ बोल गई थी। बोलते-बोलते उसकी आँखें तमतमा गई थीं।

"बस हो गया डाक बाबू, अब इससे ज़्यादा हमसे नहीं बोला जाएगा।" फ़रीदा ने बोला। "नीचे लिख दीजिए 'आपकी' उसके बाद हम अपना नाम लिख देते हैं।"

तभी न जाने क्या सोचकर वो बोली, " 'आपकी' लिखने की ज़रूरत नहीं है, सीधे अपना नाम ही लिख देते हैं।" फ़रीदा की बात सुनकर डाक बाबू ने चिट्ठी उसको दे दी जिसके नीचे फ़रीदा ने अपना नाम लिख दिया। डाक बाबू ने अपने झोले से एक लिफ़ाफ़ा निकाला और फ़रीदा का खत उसमें रखकर चिपका दिया। "रिज़वान से सलीम का पता लिखवाकर पोस्ट कर देना अपने हाथों से," डाक बाबू बोले।

"चिट्ठी अब तो निकल गई होगी ना?" दो दिन बाद फ़रीदा ने डाक बाबू से पूछा था।

"और नहीं तो क्या, अब तक तो शहर के बड़े डाकख़ाने पहुँच गई होगी, दो-एक दिन में सलीम मियाँ को मिल भी जाएगी।"

"पता नहीं सलीम चिट्ठी पढ़कर क्या सोचेंगे।" फ़रीदा सलीम के नाम चिट्ठी पोस्ट तो कर आई थी पर मन-ही-मन घबरा रही थी कि क्या उसने कुछ ज़्यादा तो नहीं लिख दिया। ख़ैर अब तो तीर कमान से निकल चुका था सो फ़रीदा ने इस बारे में सोचना बन्द कर दिया।

ख़त पोस्ट करने के लगभग दो हफ़्ते बाद फ़रीदा को डाक बाबू की साइकिल की घंटी की आवाज़ सुनाई दी। वो बदहवास-सी बाहर की ओर भागी। डाक बाबू उसकी तरफ़ देखकर चिल्लाए "फ़रीदा बिटिया, सलीम का ख़त आया है तुम्हारे नाम।" डाक बाबू को देखकर फ़रीदा की हालत वैसी ही थी जैसे किसी हाईस्कूल बोर्ड की परीक्षा देनेवाली छात्रा की अपने नतीजों की प्रतीक्षा करते समय होती है। और तो और, उसको डाक बाबू भी उस हॉकर की तरह लग रहे थे जो अख़बार लेकर आता था।

"लो पढ़ लो अपनी चिट्ठी," डाक बाबू बोले।

"आप हमारा मज़ाक़ उड़ा रहे हैं ना डाक बाबू, हमको पढ़ना-लिखना नहीं आता है, ये बात तो आपको पता ही है।"

"अरे हाँ, मैं तो भूल ही गया। लगता है अब उम्र हो रही है मेरी। अपनी बीवी की भी बहुत-सी बातें भूल जाता हूँ," डाक बाबू हँसते हुए बोले।

उन्होंने अपनी जेब से चश्मा निकाला और लिफ़ाफ़ा खोला। फ़रीदा का दिल ज़ोर-ज़ोर से धड़क रहा था।

गला खँखारकर डाक बाबू ने पढ़ना शुरू किया।

'सलाम अलैकुम,

'मेरी फ़रीदा।' डाक बाबू ने 'मेरी' पर ज़ोर डालते हुए पढ़ा। मैं यहाँ बम्बई में ख़ैरियत से हूँ। तुम्हारा ख़त देखकर मैं चौंक गया था। मुझे उम्मीद नहीं थी कि तुम मुझे ख़त भेजोगी। परदेस में अपनों का पैग़ाम आने से जो ख़ुशी मिलती है वो बयान नहीं की जा सकती। हालाँकि तुमने अपने ख़त में क्या-क्या अनाप-शनाप लिख भेजा था—लेकिन वो सब पढ़कर भी मुझे नाराज़गी नहीं बल्कि अफ़सोस ही हुआ कि तुम्हें कितनी तक़लीफ़ महसूस हुई होगी तभी तो तुम्हें इतना सब लिखना पड़ा।' चिट्ठी की इस पंक्ति ने फ़रीदा के दिल पर से एक बोझ हटा दिया था। 'हाँ, ये सच है कि मैंने तुम्हें बहुत ताने दिए और बातें भी सुनाईं लेकिन कभी मेरी भी सोचो। अगर मैं ये चाहता था कि मेरी बीबी को देखकर सब मुझ से रश्क़ करें तो इसमें क्या ग़लत है? ख़ुदा ने तो हम सबको बहुत ख़ूबसूरत बनाया है लेकिन उसकी दी हुई ख़ूबसूरती की क़द्र करना तो हमारा फ़र्ज़ है ना।' चिट्ठी पढ़ते वक़्त डाक बाबू बीच-बीच में कनखियों से फ़रीदा को देख लेते थे। फ़रीदा बहुत ही ध्यान से उनकी एक-एक बात सुन रही थी। 'फ़रीदा सच बताऊँ, मैं तुम्हें अपने साथ बम्बई ले आना चाहता था क्योंकि मैं यह जानता था कि यहाँ मुझे खाने-पीने की बहुत दिक़्क़त होगी और इसीलिए मैं तुमसे कहता था कि खाना बनाना सीख लो। और एक बात यह कि पढ़ाई-लिखाई करके कौन-सा इनसान छोटा हो जाता है? तो मैंने अगर तुम्हें उसके लिए टोक दिया तो कौन सा गुनाह कर दिया? फिर भी अगर मेरी किसी बात से तुम्हें चोट पहुँची है तो मुझे माफ़ कर देना। मैं जल्द ही आऊँगा तुम्हें अपने साथ लिवाने के लिए।

तुम्हारा
सलीम।'

डाक बाबू से सलीम का ख़त सुनकर फ़रीदा जहाँ एक तरफ़ गहरी सोच में डूब गई वहीं उसकी आँखें भी बह निकलीं।

"जवाब लिखवाना है क्या बिटिया?" डाक बाबू ने पूछा।

"नहीं, आज नहीं...एक हफ़्ते बाद," फ़रीदा ने कुछ सोचकर जवाब दिया।

"ठीक बात, मैं अगले हफ़्ते आता हूँ," डाक बाबू बोले।

"नहीं, आप कल से रोज़ आएँगे," फ़रीदा ने मुस्कराते हुए कहा।

"आ जाएँगे, पर क्यों?" डाक बाबू को फ़रीदा की मुस्कराहट का सबब समझ नहीं आया।

"आप हमें पढ़ना-लिखना सिखा देंगे?" फ़रीदा ने पूछा।

"ज़रूर लेकिन मैं मुफ़्त नहीं पढ़ाऊँगा, अपनी फ़ीस लूँगा," डाक बाबू अपना चश्मा जेब में रखते हुए बोले।

"फ़ीस? कितना लेंगे आप?" फ़रीदा के पास अपने पैसे तो थे ही नहीं।

"बस बिटिया, अपने हाथों की बनी चाय पिला देना रोज़," अपनी साइकिल पर बैठते हुए डाक बाबू ने कहा और घंटी बजाते हुए वहाँ से निकल गए।

फ़रीदा अगले दिन सुबह-सुबह रसोई में पहुँच गई और अपनी सास मेहरुन्निसा से बोली, "अम्मी जी, कुछ अपने हाथ का स्वाद हमारे हाथों में भी डाल दीजिए।"

"क्यों नहीं बेटा, एक हाथ जब दूसरे का हाथ बँटाता है तो दूसरे हाथ का स्वाद अपने-आप बँट जाता है।"

"हमारे खाने में इनको स्वाद नहीं आता," फ़रीदा अपनी सास से बोली।

"खाना बनाने को मजबूरी समझोगी तो खाना कामचलाऊ बनेगा और शौक़ समझोगी तो अपने-आप ही ज़ायका आ जाएगा," मेहरुन्निसा ने अपनी बहू के सर पर हाथ फेरते हुए उसको नसीहत दी।

उस दिन नहाने के बाद फ़रीदा बहुत देर तक अपने आपको आईने में देखती रही। शायद उसने ख़ुद को इतने ग़ौर से कभी नहीं देखा था। शरीर के किस-किस हिस्से में अनचाही चर्बी थी, ये उसको पहली बार समझ में आया।

"अम्मी जी, हम दिन भर घर में बैठे-बैठे ऊब जाते हैं। कल से कुएँ से पानी लेने हम चले जाया करेंगे।" रात के खाने के वक़्त फ़रीदा ने अपने सास-ससुर के सामने ये बोला तो दोनों मुस्कराए बिन न रह सके।

"अरे वाह भाभी, कल से तो मीठा पानी पीने को मिलेगा," उसका देवर रिज़वान बोला।

फ़रीदा, जो दिन भर अपने कमरे में बैठ कर उलटा-सीधा सोचती रहती थी, एकदम से व्यस्त रहने लगी। कुएँ से पानी भरने भी वो थोड़े लम्बे रास्ते से जाने लगी जिससे उसका टहलना भी हो जाए। दिन में वो रसोई में मेहरुन्निसा का हाथ बँटाती और शाम को डाक बाबू से पढ़ना-लिखना सीखती। डाक बाबू जो पाठ उसको देकर जाते, उसको वो रिज़वान से जँचवा लेती थी।

एक हफ़्ते बाद डाक बाबू ने उसे याद दिलाया कि सलीम को जवाब लिखना है।

"जल्दी जवाब लिख दो बिटिया, सलीम वहाँ बाट जोहता होगा।"

"लेकिन अभी तो हमें ठीक से हर्फ़ पहचानने भी नहीं आते" फ़रीदा ने थोड़ा निराश स्वर में कहा।

"अरे, रातोरात थोड़ी पढ़ना-लिखना सीख जाओगी। इसी तरह से मेहनत करती रहो। महीने भर में थोड़ा-बहुत पढ़ने-लिखने लायक़ हो जाओगी।"

"तो फिर जवाब आप ही लिख दीजिए ना डाक बाबू," फ़रीदा इसरार भरे भाव से बोली।

"तो हमने कब मना किया है? ले आओ काग़ज़ और क़लम।"

फ़रीदा ने बोलना शुरू किया—

"आपका ख़त पढ़कर हमने बहुत कुछ सोचा और हम इस नतीजे पर पहुँचे कि अकेले आपकी ग़लती नहीं है। हालाँकि जब हम अपना घर छोड़कर आए थे तब हमारी उम्र केवल सत्रह साल थी। आप हमसे आठ साल बड़े थे तो आपको ही हमें हर बात सिखानी चाहिए थी। आपको-हमें अपनी ज़िम्मेदारी समझना चाहिए था लेकिन यह बात शायद कभी आपके ज़ेहन में ही नहीं आई। ख़ैर! जो हुआ सो हुआ। आपकी जानकारी के लिए बता दें कि आपकी तीनों शिकायतें जायज़ हैं और हम पूरी कोशिश करेंगे उनको दूर करने की लेकिन आपको भी एक वादा करना पड़ेगा कि आप बार-बार हमें दूसरी औरत लाने की धमकी नहीं देंगे। हम दोनों को एक-दूसरे पर यक़ीन करना पड़ेगा तभी यह रिश्ता मज़बूत होगा।"

फ़रीदा पढ़ी-लिखी तो नहीं थी लेकिन बातें समझदारी की करती थी।

उसकी इस बात पर डाक बाबू ने भी उसकी पीठ थपथपाकर उसको शाबाशी दी। फ़रीदा ने बोलना जारी रखा।

"हमें कुछ वक़्त लगेगा पर आप देखिएगा हम पढ़ना-लिखना भी सीख जाएँगे और खाना बनाना भी। साथ ही साथ हमने अपना ख़याल रखना भी शुरू कर दिया है। आप जब भी आएँगे हम आपको पहले से बेहतर रूप में मिलेंगे।"

"आपकी फ़रीदा लिखूँ या सिर्फ़ फ़रीदा?" डाक बाबू ने आँखें मींचते हुए पूछा।

"जब उन्हीं के हैं तो लिख ही दीजिए आपकी," फ़रीदा अपने दुपट्टे के सिरे को उँगलियों पर लपेटते हुए बोली।

डाक बाबू को अब सलीम का पता मालूम था जो उन्होंने ख़ुद ही लिख दिया और लिफ़ाफ़ा चिपकाकर फ़रीदा को दे दिया पोस्ट करने के लिए।

एक हफ़्ते के अन्दर ही सलीम का दूसरा ख़त आ गया। डाक बाबू ने फ़रीदा से पूछा, "पढ़ पाओगी इसको या अभी थोड़ा वक़्त और लगेगा?"

"बस कुछ दिन और," फ़रीदा ने जवाब दिया।

"अच्छा कम-से-कम सलीम की लिखावट में अपना नाम तो पढ़ लो," यह कहकर डाक बाबू ने सलीम का ख़त फ़रीदा के हाथ में दे दिया। फ़रीदा अब अपना नाम पढ़ना सीख गई थी। सलीम की सुन्दर हैंडराइटिंग में अपना नाम पढ़कर फ़रीदा गद्गद हो उठी। वह सलीम के ख़त को चूमने ही वाली थी कि सामने डाक बाबू को देखकर उसे शर्म आ गई।

डाक बाबू ने भी आँखें बन्द करते हुए कहा, "कर लो बिटिया जो करना है, मैं सलीम का ख़त दो मिनट बाद पढ़ लूँगा।"

'मेरी फ़रीदा', डाक बाबू ने ख़त पढ़ना शुरू किया—

'मैं तुम्हें बता नहीं सकता कि मुझे तुम पर कितना नाज़ है। मैंने ख़्वाबों में भी नहीं सोचा था कि तुम मेरे लिए इतना कुछ करोगी। दिल तुमसे मिलने को बेताब हो रहा है। अब वह दिन दूर नहीं जब मैं तुमको लेने पिपरी आऊँगा, अपना ख़याल रखना। अगर तुम्हें कोई ज़रूरत हो तो बताना। मैं कुछ पैसे तुम्हें भी मनीऑर्डर कर दूँगा। हाँ आख़िर में एक ज़रूरी बात, हमारे-तुम्हारे बीच में जो भी गिले-शिकवे रहे हैं हम लोगों ने ख़तों के ज़रिये उन्हें दूर करने की कोशिश की है। इन ख़तों ने अपना काम कर दिया है और मैं नहीं चाहता कि हमारी आगे की ज़िन्दगी में इनका कोई भी ज़िक्र हो।"

तुम्हारा
सलीम'

"जवाब अगले हफ़्ते लिखूँ या अभी?" डाक बाबू ने पूछा।

"बस एक और ख़त आप लिख दीजिए डाक बाबू, अगला हम ख़ुद लिखेंगे।"

फ़रीदा ने एक छोटी-सी चिट्ठी सलीम के नाम लिखवा दी।

"बस इसी प्यार और इज़्ज़त की जरूरत थी। अब आपसे कोई शिकायत नहीं है हमें। आज तक हमने आपको जो भी उलटा-सीधा बोला है, उसके लिए हम शर्मिन्दा हैं और माफ़ी माँगते हैं। ख़ुदा आपको ख़ूब बरकत और तरक्की दे।

आपकी

फ़रीदा'

डाक बाबू ने फ़रीदा का तीसरा ख़त लिख दिया था जिसे फ़रीदा ने अगले दिन सुबह पोस्ट कर दिया। ठीक एक हफ़्ते बाद डाक बाबू सलीम का तीसरा ख़त ले आए थे। फ़रीदा की ज़िद थी कि इस बार यह ख़त वह ख़ुद ही पढ़ेगी।

'मेरी प्यारी फ़रीदा'

फ़रीदा ने ख़त के एक-एक अक्षर को तोड़कर पढ़ना शुरू किया।

'तुम्हारी सभी बातें मुझे मंज़ूर हैं। मैं अगले हफ़्ते पिपरी आ रहा हूँ, तुमको अपने साथ ले जाने। अब्बा-अम्मी की फ़िक्र मत करना, उनका ख़याल रिज़वान रख लेगा।'

ख़त पढ़कर फ़रीदा डाक बाबू की गोदी में सर रख के रोने लगी। "आप तो जादूगर हैं डाक बाबू, हम सोच भी नहीं सकते थे कि सलीम इस तरह से बदल जाएँगे।"

"यह सब तुम दोनों की ख़तो-किताबत का कमाल है फ़रीदा," डाक बाबू बोले और मुस्कराते हुए अपनी साइकिल की घंटी बजाते हुए वहाँ से निकल गए।

रास्ते में एक मन्दिर में रुककर उन्होंने मत्था टेका और कहा, "हे भगवान! इन दोनों बच्चों के बीच प्यार बनाए रखना। मैंने फ़रीदा की चिट्ठियों का मसौदा बदलकर लिखने का और सलीम की चिट्ठियों का मसौदा बदलकर पढ़ने का अपराध किया है लेकिन छठी चिट्ठी में सच लिखवाने के लिए मुझे पाँच बार झूठ का सहारा लेना ही पड़ा, उसके लिए मुझे माफ़ कर देना।"

✪✪✪